U0540997

Haruki Murakami

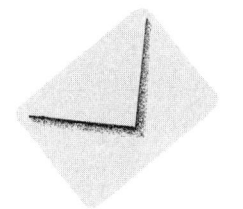

遇到百分之百的女孩

カンガルー日和

[日] 村上春树 著

林少华 译

上海译文出版社

目录

从"百分之百的女孩"到"完蛋了的王国"　　001

袋鼠佳日　　001

四月一个晴朗的早晨,遇到百分之百的女孩　　008

困　　015

出租车上的吸血鬼　　023

她的镇、她的绵羊　　031

海驴节　　038

镜子　　045

一九六三/一九八二年的伊帕内玛少女　　053

喜欢伯特·巴卡拉克吗?　　060

五月的海岸线　　069

完蛋了的王国　　079

三十二岁的 Day Tripper　　086

尖角酥盛衰记	*092*
我的呈芝士蛋糕形状的贫穷	*099*
意大利面条年	*105*
鹛鹩	*113*
南湾行——为杜比兄弟《南湾行》所作的背景音乐	*123*
图书馆奇谈	*130*

| 后记 | 170 |

从"百分之百的女孩"到"完蛋了的王国"

这里收录的十八篇短篇小说,村上在后记中称之为"短小说",想必是因为就篇幅而言介于《象的失踪》那类正常的短篇小说和《夜半蜘蛛猴》那样的超短篇小说之间的缘故。这些短篇创作于1981年3月至1983年3月之间,是为一家名叫《特莱富尔》(トレフル)的伊势丹百货公司会员刊物(每月免费发给会员,不在书店出售)写的连载系列,半年后结集出版,为村上第二部短篇集。日文版书名为《袋鼠佳日》,中译本改为《遇到百分之百的女孩》,1990年收入《村上春树全作品1979—1987》第五卷。在卷末"创作谈"中,村上说他当时并未将这些作品视为小说,这一看法至今也没改变,"它们不是准确意义上的小说",但虚构这点是毫无疑问的,因为"只要有个暗示(hint)就可以一挥而就"。也就是说,这些小说作为小说具有"实验"性质。尽管如此,小说也还是自有其意义:它"朝很多方向伸出触角,判断哪个能做哪个不能做"。村上在《后记》中也提到了,其中有的类似为长篇小说做的速写,后来融入长篇之中。哈佛大学教授杰伊·鲁宾(Jay Rubin)在其专著中进一步就此加以概括:

村上春树早期短篇小说中包含几次简短却令人惊异的精神之旅,后来构成他第二部小说集《袋鼠佳日》(1983)的中心内容。《一九六三/一九八二年的伊帕内玛少女》(1982年4月)中的"我"神游于由著名的同名爵士歌曲创造的精神空间。尤其富于想象的一篇是《䴗鹉》(1981年9月),预示了《世界尽头与冷酷仙境》中对隐秘世界的不懈探索。这篇小说堪称村上短篇创作中最怪异的作品之一,半是卡夫卡,半是劳莱和哈代,不啻对读者头脑的一种暴力袭击。如果有的读者总的来说被村上的短篇搞得晕头转向,这一次晕头转向的则是村上自己。无论何时提到这篇小说,他总会抓抓头皮轻声笑道:"这是个奇怪的故事。"仿佛他至今还没弄明白是打哪儿来的。(杰

| 从"百分之百的女孩"到"完蛋了的王国" |

伊·鲁宾:《倾听村上春树——村上春树的艺术世界》,冯涛译,上海译文出版社,2006年。原题"Haruki Murakami and the Music of Words")

其实,融入长篇的并不仅此一例。例如《图书馆奇谈》这支"触角"后来伸进了《世界尽头与冷酷仙境》,《她的镇,她的绵羊》可以在《寻羊冒险记》和《舞!舞!舞!》中觅出其隐约的面影。这是村上常用的套路,在他任何一部短篇集都可以找到类似情形。相比之下,引起我注意的莫如说是鲁宾转述的村上那句话:"这是个奇怪的故事"。奇怪得村上自己也"没弄明白是打哪儿来的"。不,我想村上是明白的,明白它的来处,那便是"潜意识"。他在《八月的草庵——我的〈方丈记〉体验》(载于《太阳》1981年10月号)中写道:"写文章这一作业,在某种意义上也是对自己的潜意识的重新洗涤。"并说重读所写文章的定稿时,往往有奇异的发现——"自己毫无觉察的存在简直就像隐显墨迹一样若隐若现地显现出来:早已忘记的事情,以为忘记却未忘记的事情,甚至未曾意识到的事情,如此不一而足。"

003

由此，不难看出这部短篇集的主要意味在于它的"索引"功能或"触角"功能。可以藉此索引、触摸作者的潜意识信息、心灵信息和作品之间游丝般的关联性。无论对作者还是对读者，这都好比一种颇有难度的拼图游戏。正因如此，所收《鹂鹧》等若干短篇都属于兴之所至或突发奇想的产物，而缺少相对严谨的艺术构思，艺术性方面自然打了折扣。村上自己也承认"不是准确意义上的小说"，这并不完全是自谦之语。倘若村上后来没有名声大振，这样的作品想必也就萎缩在那本小小的会员刊物里面了。

属于《鹂鹧》系列的有《出租车上的吸血鬼》、《海驴节》、《镜子》、《尖角酥盛衰记》、《南湾行》，以及《图书馆奇谈》。

在《出租车上的吸血鬼》中，"我"遇上了所谓"坏事"，即搭出租车时在堵塞的路面上寸步难行。计程器每次起跳的咔嚓声"如火药枪射出的霰弹一样直捅我的脑门"，只好通过想象脱女孩衣服的顺序来挽救这糟糕的心绪。正想到兴头上，司机忽然问"我"是否认为有吸血鬼。"我"本想以"不清楚啊"、"觉得"、"怕是"之类惯用暧昧说法搪塞过去，但司机不依不饶追问到底，并且作为"实证"断言他本人就是吸血鬼。"我"报之以暧昧，对方回之以坚决,"我"求助信念,对方展示实证。可以看出,村上在这里试图颠覆日语式、日本式对话或交流模式,把日本式"暧昧"逼入尴尬境地。

村上另有一篇叫《海驴》的随笔式超短篇,差不多和这本书中的《海驴节》同时发表。但前者的海驴基本是动物学意义上的海驴,而这里的海驴则不然,更像是"羊男"。但无论和羊男相比还是和村上笔下经常出现的羊、猫、象以至独角兽相比,有一点显然不同:海驴身上没有羊男和羊等动物身上那种令村上动心或吸引他的东西。在煞有介事彬彬有礼的海驴面前,"我"始终显得被动和茫然,如坠五里云雾。而海驴好意留下的海驴粘纸徽章,海驴刚走就被"我"随手贴在了违章停车的一辆小汽车挡风玻璃板上,这也从另一角度反衬出海驴是何等不被理解不被接受、何等孤独。不过,这并不意味"我"讨厌海驴这种动物:

> 不仅不讨厌,甚至觉得海驴好像有某种叫人恨不起来的地方。当然喽,若妹妹——我有个妹妹——某一天突然提出要和海驴结婚,我想必会吃惊不小,但也不至于气急败坏地反对。

也罢,既然相爱也未尝不可么——我想最终也就这个样子。如此而已。

只是,海驴形象颇让"我"费解。"既没戴太阳镜,又没穿'布克兄弟'三件套。海驴这种动物,总的说来颇像早些年的中国人。"作为中国人,我当然不中意这样的比喻。"早些年的中国人"是什么样的中国人呢?是"文革"期间穿三四个口袋的灰蓝黄直领装的中国人呢?还是清末长袍马褂外加瓜皮小帽的中国人呢?好在没有从中看出歹意,加上终于同意"妹妹"嫁过来,就不再追究了吧。

《镜子》在日本被选入两种高中语文教科书,即使教师之间对这部短篇的主题或其寓意的看法也莫衷一是。按理,镜中的形象应该是"我"本人的反映。然而,"我突然注意到一件怪事:镜中的形象不是我!不不,外表完全是我,这点毫无疑问。但又绝对不是我。我本能地明白这点。不,不对,准确说来那当然是我。然而是我以外的我,是我以不应有的形式出现的我。"更离奇的是,小说最后竟交代压根儿没有镜子,那个位置从来就没有过什么镜子。是我也好不是我也好是我以外的我也好,这都是以镜子的存在为前提的,而镜子若不存在,那算是怎么回事呢——不但自我认证出现了问题,而且自我认证的根据又被消除。那么,我到底是谁,我到底算什么?这倒是村上几乎所有作品一个关注点。

《尖角酥盛衰记》是这部小说集中最见寓意和最怪诞的一篇。日本有学者认为可以将尖角酥视为"小说",以尖角乌鸦影射对"小说"说三道四的批评家。我看这未免过头了,恐怕还是认为尖角乌鸦隐喻资本主义制度下或市场经济大潮中某部分人扭曲的贪婪的欲望更为合适。鲁宾则认为是"对专以吸引年轻顾客为务的全球化企业的超前的讽刺,以及对于崇尚为大众服务而不是个人决定的所谓虔诚精神的批评。村上春树对于黑暗区域的探索已经初露端倪,之后他将对涉及超自然因素的黑暗领域进行更加全面、深广的探索"。简言之,尖角酥就像是伸进黑暗世界的一条细细尖尖的触角。

《图书馆奇谈》篇幅比其他短篇长五六倍。村上本人在后记中也说了,这是应其夫人的要求写的,夫人想看连续剧那样的故事。于是我们终于在这里看到了一个较为像样的短篇。"我"去图书馆还书时，被图书馆一个老人骗进地牢，要"我"一个月内将所看之书背诵下来，并以此作为放"我"出去的条件。但羊男偷偷告诉"我"，老人其实是想吸食"我"装满知识的脑浆。后来在负责送饭的美少女的帮助下，"我"和羊男在一个新月之夜试图逃出地牢，不料还是被老人察觉了。但见老人身旁一条大黑狗叼着一只白头翁。白头翁眼看着越来越大，最后把老人挤在墙角动弹不得，于是"我"和羊男得以逃出图书馆的地牢。小说中有的意念和情节融入了二十年后的《海边的卡夫卡》，如第十四章和第十六章出现的领中田去见琼尼·沃克的同样是一条大黑狗，尤其送饭的美少女同《海边的卡夫卡》第四十五章、第四十七章中做饭的美少女简直一般模样。不过比较而言，我觉得更值得注意的是村上在这里通过"地牢"传达的对于封闭性空间的警觉，这种警觉后来渐渐发展成了对于日本那段黑色历史甚至战后社会结构的追问和质疑。这点集中表现在《奇鸟行状录》（1992—1995）和《地下》（1997）之中，即使在游记性随笔《边境·近境》之中也得以绵绵延续下来。

如果大致分类，以上数篇加上《南湾行》，属于非日常性系列

| 从"百分之百的女孩"到"完蛋了的王国" |

即《鹂鹉》系列。这部短篇集还有一个系列,那就是日常性系列或较有现实意味的部分。其中最有名的便是《四月一个晴朗的早晨,遇到百分之百的女孩》(一般简称"遇到百分之百的女孩")。也是因为《读者》杂志转载过的关系,作为村上作品的读者几乎尽人皆知。这里边有两点较为耐人寻味。一是命运的不确定性——假如百分之百的男孩和百分之百的女孩不主动分开或没有那场恶性流感,就不至于发展成为"令人感伤的故事";二是心灵感应的可能性——两人后来在路上相遇之际,"失却的记忆的微光刹那间照亮了两颗心:她对于我是百分之百的女孩。他对于我是百分之百的男孩"。

总的说来,我认为这部分中写得最好的是《喜欢伯特·巴卡拉克吗?》,在收入全集时改名为《窗》。在那扇窗的里面,在从窗下传来的电气列车驶过的"咔咔"声中,一个二十二岁的男孩和一个三十二岁的已婚但没有孩子且同丈夫关系不怎么融洽的少妇交往的短暂过程被描写得别有韵味,含蓄,微妙,甘美。有浪漫的可能,但戛然而止。难怪主人公十年后乘坐电气列车经过那里时还挂念那个窗口。是的,那是个特殊的窗口,有青春的心悸和感伤,甚至有一丝乡愁。

鲁宾则似乎最为欣赏《一九六三/一九八二年的伊帕内玛少女》。"我"听斯坦·盖茨的《伊帕内玛少女》唱片听了二十年，从1963年听到1982年。每次听时都想起高中的走廊，继而想起莴苣、西红柿、黄瓜、灯笼椒、芦笋、切成圆圈状的元葱，以及粉红色的调味汁。至于为什么想起这些却不得而知，因为并没有因果关系。于是"我"感到不解："1963年的伊帕内玛少女到底往我意识的深井里投下了怎样一颗石子呢？"而鲁宾感兴趣的是：这个短篇往村上文学创作的深井里投下了怎样的石子激起了怎样的浪花呢？他在前面提到的那部专著中颇为动情地写下了这样一段话：

> 这篇如歌的短篇简短而又意味深长。我们在其中邂逅了失去和老去、记忆和音乐、时光流逝与永恒不变、现实与无意识之墙，以及一种对我们能将他人和自我完全融为一体的类似世外桃源之地之时的感伤向往——"毫无障碍与阻隔"。这，正是村上春树令我们怦然心动、心有戚戚的那些最美好的特质。

| 从"百分之百的女孩"到"完蛋了的王国" |

其实,类似的话日本学者早已说过了:"小说中这样写道:'曾有过物质与记忆被形而上学深渊分割开来的时代。'而这部作品正是将物质与记忆分割开来的形而上学式深渊本身。即使不值得称之为小说,也是足以使读者读取春树文学真正价值的作品。"(《村上春树研究事典》,鼎书房2001年版)依我愚见,虽然两种说法都有道理,但明显有些夸张了。仿佛这个短篇成了村上文学长河的源头,而村上本人倒是认为处女作《且听风吟》的开头部分表明了他对文学的所有看法,是其文学创作的根源所在。

令人万万没有想到的是,村上当年发表在商店会员刊物上的这些小短篇之中,竟潜藏一个重大"秘密"——东京大学中文系教授藤井省三先生从其中的《完蛋了的王国》发现了村上春树和鲁迅之间的关系。具体说来,《完蛋了的王国》中的男主人公Q同《阿Q正传》里面的阿Q有"血缘"关系。当然,藤井教授也认为二者的形象和身份不存在任何相似之处。村上笔下的Q即"我"的朋友的大学时代比"我"漂亮五百七十倍,衣着整洁,文质彬彬,学习认真,一个学分也没丢过。喜欢运动,喜欢看小说,喜欢弹钢琴且弹得甚是了得,不用说深得女孩喜欢,而Q却毫不花心,只和漂亮而有品位的恋人每星期约会一次。总之"Q是个无可挑剔的人物"。十年后不期而遇时,Q已是一家电视台的导演,依然那么潇洒,大凡女性走过都不由得瞥他一眼。显而易见,村上的Q是个典型的中产阶级精英,一位成功人士。《阿Q正传》里的阿Q则完全相反,连"姓名籍贯都有些渺茫",相貌猥琐,头上有癞疮疤,未庄所有男人都敢欺负他,所有女人都不正眼瞧他,"睏觉"更是无从谈起。"睏觉"风波之后连短工都打不成了,彻底穷困潦倒,最后还被稀里糊涂被作为革命党枪毙了。一句话,此Q非彼Q。彼Q"无可挑剔",此Q一无是处。

那么,藤井教授是怎么在两Q之间或者说两篇小说之间发现关联的呢?其一,"两部作品同有超越幽默和凄婉(pathos)的堪称畏惧的情念"。藤井为此举出二者开头叙述"我"的心境部分为例:

> 我要给阿Q做正传,已经不止一两年了。但一面要做,一面又往回想,这足见我不是一个"立言"的人,因为从来不朽之笔,须传不朽之人,于是人以文传,文以人传——究竟谁靠谁传,渐渐的不甚了然起来,而终于归结到传阿Q,仿佛思想

| 从"百分之百的女孩"到"完蛋了的王国" |

里有鬼似的。(《阿Q正传》)

关于Q这个人,每次我想向别人讲述时,总是陷入绝望的无奈之中。虽说我原本就不善于讲述一件事,但即便算上这一点,向别人讲述Q这个人也还是一项特殊作业,难而又难。每次进行尝试,我都会跌进深深、深深、深深的绝望深渊。(《完蛋了的王国》)

藤井评论说:《完蛋了的王国》虽然初看之下是以"轻妙"语气讲述的故事,但其重复四次之多的"我"的"深深……"的绝望感,应该说还是同仿佛幽灵附体的"我"的自觉相通的(藤井认为村上高中时代所看的是竹内好译本,该译本将《阿Q正传》"仿佛思想里有鬼似的"译为"仿佛脑袋里有幽灵")。

其二,藤井认为关联还在于两个Q同样处于精神麻痹状态。阿Q的精神胜利法就不用说了,即使村上笔下作为学生时代那般"无可挑剔"的中产阶级子弟的Q,十年后也为了确保能够维持其中产阶级生活的那份导演工作,而对和他要好的女孩采取"不坦诚"的态度,即使当着众人的面遭受对方的羞辱(女孩把满满一大杯可口可乐"不偏不倚砸在 Q 的脸正中"),脸上也还是浮起"令人惬意的微笑"。

"我"大概感觉到,同辛亥革命当时的中国的"阿 Q"相比,物质上优越得多的现代日本的中产阶级也同样处于精神麻痹之中。中产阶级弟子在学生时代看上去似乎是"出色王国"的继承人,然而一旦作为精英投入工作、真正成为王国继承人的时候,给"我"的印象却"黯然失色……令人悲伤"。(藤井省三:《村上心目中的中国》,朝日新闻社,2007 年)

应该说,作为鲁迅研究专家的藤井教授这个发现或者比较研究是颇有创见的。何况在有世界性影响的当代日本作家身上发现鲁迅文学基因,对于中国人来说尤其值得欣慰。不过说老实话,作为我总觉得——至少在就两个 Q 而言——未免有牵强附会之处。其一,《阿 Q 正传》开头所说的"仿佛思想里有鬼似的"并因此"感到万分的困难",应是别有所指的。为此鲁迅详细列举四点理由,其中

| 从"百分之百的女孩"到"完蛋了的王国" |

"只希望有'历史癖与考据癖'的胡适之先生的门人们"之句显然暗藏杀机,并非所谓"畏惧的情念"。而《完蛋了的王国》那段引文也很难从中看出多少"畏惧"。其二,依藤井教授的说法,村上的Q所以"精神麻痹",是因为失去了"主体性",这固然不错。但鲁迅的阿Q所以"精神麻痹",则是因为精神胜利法。而精神胜利法似乎并非来自主体性的丧失,恰恰相反,乃是扭曲的主体性即扭曲的自我意识造成的。不过,我一来不是鲁迅研究专家,二来也还没有深入研究,以上看法未必得当。何况再说下去有可能脱离译序范围,就此打住。有兴趣的读者不妨找来《阿Q正传》与此比较一下,或许另有心会。

林少华

2008年5月8日于窥海斋

时青岛春意阑珊一路花雨

袋鼠佳日

栏中有四只袋鼠：一只公两只母，另一只是刚出生不久的小袋鼠。

袋鼠栏前只有我和她两人。原本就是不怎么有人来的动物园，加上又是星期一早上，较之进园的游客，动物数量倒多得多。

我们的目标当然是袋鼠宝宝，此外想不起有什么可看。

我们是一个月前从报纸地方版上得知袋鼠宝宝降生的。一个月时间里我们一直在静等适于看袋鼠宝宝的早晨的到来，然而那样的早晨偏偏不肯来临。这个早晨下雨，下个早晨还下雨，再下个早晨地面全是泥巴，而接下去的两天又在吹讨厌的风。一天早晨她虫牙作痛，又一天早晨我必须去区政府。

如此这般，一个月过去了。

一个月嘛，简直眨眼之间。这一个月时间究竟干什么来着，我压根儿想不起来。既好像干了许多事，又似乎什么也没干。在月底收订报费的人上门之前，甚至一个月已然过去都浑然未觉。

但不管怎样，适于看袋鼠的早晨还是来了。我们早上六点醒来，拉开窗帘，一瞬间便看出这是个袋鼠佳日。我们洗脸，吃饭，喂猫，洗衣服，之后戴上太阳帽出门。

"我说，袋鼠宝宝可还活着？"电车中她问我。

"我想活着，毕竟没有报道说已经死了。"

"没准有病去哪里住院了。"

"即使那样也会报道的。"

"也可能得了神经官能症缩在里头不肯出来。"

"宝宝？"

"何至于！妈妈嘛。说不定带着宝宝一直躲在里面的黑屋子里。"

我不由感叹：女孩子想到的可能性真个千奇百怪。

"总觉得要是错过这个机会就再也看不到袋鼠宝宝了。"

"不至于吧。"

"还不是,这以前你可看过袋鼠宝宝?"

"啊,那是没有。"

"往后可有看到的自信?"

"有没有呢,说不准。"

"所以我担心么。"

"不过,"我抗议道,"或许情况如你所说,但我既没看过麒麟生崽,又没见过鲸鱼游动,干嘛单单袋鼠宝宝现在成了问题呢?"

"因为是袋鼠宝宝嘛!"她说。

我休战看报。和女孩子争论,以前从未胜过。

袋鼠宝宝当然活着。他(或她)比报纸照片上的大得多,神气活现地在地上跑来跑去。与其说是袋鼠宝宝,不如说是小型袋鼠更合适。这一事实多少让她有些失望。

"好像都不是宝宝了。"

像是宝宝的嘛,我安慰道。

"早点儿来就好了。"

我走去小卖店,买了两支巧克力冰淇淋,回来时她仍靠在围栏上目不转睛地注视着袋鼠。

"已经不是宝宝了！"她重复了一句。

"真不是了？"我把一支冰淇淋递给她。

"还不是，宝宝应该钻进妈妈口袋里的嘛！"

我点点头，舔了一下冰淇淋。

"可是没有进去。"

我们开始找袋鼠妈妈。袋鼠爸爸倒是一眼就认出了——个头最大、最文静的是袋鼠爸爸。他以才华枯竭的作曲家般的神情定定地看着食料箱里的绿叶。剩下的两只是母的，一样的体态，一样的毛色，一样的脸形，哪只说是妈妈都不奇怪。

"可哪个是妈妈，哪个不是妈妈呢？"我问。

"唔。"

"那么，不是妈妈的袋鼠到底算怎么回事呢？"

不知道，她说。

袋鼠宝宝却不理会这些，只管在地上绕圈撒欢儿，不住地拿前爪到处刨坑，刨不知干什么用的坑。看样子他（她）不懂什么叫无聊，在爸爸身前身后跑了几圈，嚼了一点点绿草，刨地，抓了一把两只母袋鼠，"骨碌"一声躺在地上，又爬起开跑。

"袋鼠怎么跑得那么快呢？"她问。

"逃避敌人。"

"敌人？什么敌人？"

"人啊。"我说，"人用回旋镖杀袋鼠吃肉。"

"为什么袋鼠宝宝要钻进妈妈肚子上的口袋？"

"为了一起逃命。小家伙跑不了那么快的。"

"要受保护啰？"

"嗯。"我说，"孩子都受到保护。"

"保护多长时间？"

我应该在动物图鉴上把关于袋鼠的所有知识都查清楚，因为这种情况我早有预料。

"一个月或两个月，也就一两个月吧。"

"那么，那孩子才一个月，"她指着宝宝说，"理应钻在妈妈的口袋里。"

"呃，"我应道，"有可能。"

"嗳，你不认为进到那口袋里很妙？"

"妙的吧。"

"是母体回归情结吧，就是所谓机器猫的口袋？"

"是不是呢？"

"肯定是。"

太阳已升到天顶。附近游泳池传来儿童们的欢声笑语。空中飘浮着夏日轮廓清晰的云。

"吃点什么？"我问她。

"热狗。"她说，"加可乐。"

卖热狗的是个年轻的打工学生，他把一个大大的收录机放在呈流动服务车形状的货摊上。烤热狗的时间里，史提夫·汪达（Stevie Wonder）和比利·乔尔（Billy Joel）一直在唱着。

我一折回袋鼠栏，她便指着一只母袋鼠道：

"喏，喏，快看，钻到口袋里去了！"

果然，宝宝钻到了母亲口袋里。育儿袋胀鼓鼓的，唯见尖尖的小耳朵和尾巴尖儿一抖一抖地竖在上面。

"不重？"

"袋鼠是大力士。"

"真的？"

"所以才一代代活到今天。"

母亲在强烈的阳光下一滴汗也没出。那个样子,就好像偏午时分在青山大街超市里买完东西,正在咖啡馆里小憩。

"受着保护喽?"

"嗯。"

"睡过去了?"

"想必。"

我们吃热狗,喝咖啡,然后离开袋鼠栏。

我们离开时,袋鼠爸爸仍在搜寻丢失在食料箱里的音符。袋鼠妈妈和袋鼠宝宝合二而一地在时间的长河里休息,难以确定身份的母袋鼠在围栏里不停地跳跃,仿佛在测试尾巴的性能。

看来将是一个久违的大热天。

"嗳,不喝点啤酒什么的?"

"好啊。"我应道。

四月一个晴朗的早晨，遇到百分之百的女孩

四月一个晴朗的早晨，我在原宿后街同一个百分之百的女孩擦肩而过。

女孩算不得怎么漂亮，衣着也不出众，脑后的头发执着地带有睡觉挤压的痕迹。年龄也恐怕快三十了。严格说来，恐怕难以称之为女孩。然而，相距五十米开外我便一眼看出：对我来说，她是个百分之百的女孩。从看见她的身姿的那一瞬间，我的胸口便如发生地鸣一般地震颤，口中如沙漠一般干得沙沙作响。

或许你也有你的理想型女孩，例如喜欢足踝细弱的女孩，还有眼睛大的女孩，十指绝对好看的女孩，或不明所以地迷上慢慢花时间进食的女孩。我当然也有自己的偏爱，在饭店吃饭时就曾看邻桌一个女孩的鼻形看得发呆。

但要明确勾勒百分之百的女孩形象，任何人都无法做到。我就绝对想不起她长有怎样的鼻子。甚至是否有鼻子都已记不真切，现在我所能记的，只有她并非十分漂亮这一点。事情也真是不可思议。

"昨天在路上同一个百分之百的女孩擦肩而过。"我对一个人说。

"唔，"他应道，"人可漂亮？"

"不，不是说这个。"

"那，是合你口味的那种类型啰？"

"记不得了。眼睛什么样啦，胸部是大是小啦，统统忘得一干二净。"

"莫名其妙啊！"

"是莫名其妙。"

"那么，"他显得兴味索然，"你做什么了？搭话了？还是跟踪了？"

"什么都没做，"我说，"仅仅擦肩而过而已。"

她由东往西走，我从西向东走，在四月里一个神清气爽的早晨。

我想和她说话,哪怕三十分钟也好。想打听她的身世,也想全盘托出自己的身世。而更重要的,是想弄清导致一九八一年四月一个晴朗的早晨我们在原宿后街擦肩而过这一命运的原委,那里边肯定充满着和平时代的古老机器般的温馨的秘密。

如此谈罢,我们可以找地方吃午饭,看伍迪·艾伦的影片,再顺路到宾馆里的酒吧喝鸡尾酒什么的。弄得好,喝完后说不定能同她睡上一觉。

可能性在叩击我的心扉。

我和她之间的距离已近至十五六米了。

问题是,我到底该如何向她搭话呢?

"你好!和我说说话可以么?哪怕三十分钟也好。"

过于傻气,简直像劝人买保险。

"请问,这一带有二十四小时营业的洗衣店么?"

这也同样傻里傻气。何况我岂非连洗衣袋都没带!有谁能相信我的道白呢?

也许开门见山好些。"你好！你对我可是百分之百的女孩哟！"

不，不成，她恐怕不会相信我的表白。纵然相信，也未必愿同我说什么话。她可能这样说：即便我对你是百分之百的女孩，你对我却不是百分之百的男人，抱歉！而这是大有可能的。假如陷入这般境地，我肯定全然不知所措。这一打击说不定会使我一蹶不振。我已三十二岁，所谓上年纪归根结蒂便是这么一回事。

我是在花店门前和她擦肩而过的，那暖暖的小小的空气块儿触到我的肌肤。柏油路面洒了水，周围荡漾着玫瑰花香。连向她打声招呼我都未能做到。她身穿白毛衣，右手拿一个尚未贴邮票的白色四方信封。她给谁写了封信。那般睡眼惺忪，说不定整整写了一个晚上。那四方信封里有可能装着她的全部秘密。

走几步回头时，她的身影早已消失在人群中。

*

当然，今天我已完全清楚当时应怎样向她搭话。但不管怎么说，那道白实在太长，我肯定表达不好——就是这样，我所想到的每每不够实用。

总之，道白自"很久很久以前"开始，而以"你不觉得这是个令人感伤的故事吗"结束。

*

很久很久以前，有个地方有一个少男和一个少女。少男十八，少女十六。少男算不得英俊，少女也不怎么漂亮，无非随处可见的孤独而平常的少男少女。但两人坚信世上某个地方一定存在百分之百适合自己的少女和少男。是的，两人相信奇迹，而奇迹果真发生了。

一天两人在街头不期而遇。

"真巧！我一直在寻找你。也许你不相信，你对我是百分之百的女孩！"少男对少女说。

少女对少男道："你对我也正是百分之百的男孩。从头到脚和我想象的一模一样。简直是在做梦。"

两人坐在公园长椅上，手拉着手百谈不厌。两人已不再孤独。百分之百需求对方，百分之百被对方需求。而百分之百需求对方和百分之百被对方需求是何等美妙的事情啊！这已是宇宙奇迹！

但两人心中掠过了一个小小的、的确小而又小的疑虑：梦想如此轻易成真，是不是好事呢？

交谈突然中断时，少男这样说道：

"我说，再尝试一次吧！如果我们两人真是一对百分之百的恋人的话，肯定还会有一天在哪里相遇。下次相遇时如果仍觉得对方百分之百，就马上在那里结婚，好么？"

"好的。"少女回答。

于是两人分开，各奔东西。

然而说实在话，根本没有必要尝试，纯属多此一举。为什么呢？因为两人的的确确是一对百分之百的恋人，因为那是奇迹般的邂逅。但两人过于年轻，没办法知道这许多，于是无情的命运开始捉弄两人了。

一年冬天，两人都染上了那年肆虐的恶性流感，在死亡线徘徊几个星期后，过去的记忆丧失殆尽。事情也真是离奇，当两人睁眼醒来时，脑袋里犹如 D·H·劳伦斯（David Herbert Lawrence）少年时代的贮币盒一样空空如也。

但这对青年男女毕竟聪颖豁达且极有毅力，经过不懈努力，终于再度获得了新的知识新的情感,胜任愉快地重返社会生活。啊,我的上帝!这两人真是无可挑剔!他们完全能够换乘地铁,能够在邮局寄快件,并且分别体验了百分之七十五和百分之八十五的恋爱。

如此一来二去,少男三十二,少女三十岁了。时光以惊人的速度流逝。

四月一个晴朗的早晨,少男为喝上晨间打折的咖啡沿原宿后街由西向东走,少女为买快件邮票沿同一条街由东向西去,两人在路的正中央擦肩而过。失却的记忆的微光刹那间照亮了两颗心:

她对于我是百分之百的女孩。

他对于我是百分之百的男孩。

然而两人记忆的烛光委实过于微弱,两人的话语也不似十四年前那般清晰,结果连句话也没说便擦肩而过,径直消失在人群中,永远永远。

你不觉得这是个令人感伤的故事么?

*

是的,我本该这样向她搭话。

困

我喝着汤就险些睡了过去。

汤匙从手中脱落,"咣啷"一声碰在盘边,声音相当响亮。几个人朝我这边看。她在邻座轻咳一声。为了圆场,我摊开右手,上下翻来翻去做出看手的样子。正喝汤时居然打盹,这我无论如何不想让人知道。

我装模作样看右手看了十五秒钟,继而悄悄做了个深呼吸,重新回到玉米羹上。后脑勺胀乎乎麻酥酥的,就像帽檐朝后扣了一顶小号棒球帽。汤盘正上方大约三十厘米处清清楚楚地浮着一个白色卵形气团,正对着我悄声低语:"好了好了,别再勉强,睡好了!"已经这样说了好一会儿了。

那白色的卵形气团轮廓周期性地忽而鲜明忽而模糊,而我越想确认其轮廓的细微变化，我的眼睑越是一点点变重。当然，我已尽了努力，屡次摇头，紧闭双目，或移目别视，以消除那个气团。问题是无论我怎么努力它都依然故我——气团始终浮在餐桌上方。困得要命。

为了驱除困意，我一边把汤和汤匙运往嘴里，一边在脑海中拼写"玉米羹"：

corn potage soup

过于简单，毫无效果。

"说一个不好拼写的单词给我可好？"我朝她那边悄悄说了一句。她在中学当英语老师。

"密西西比。"她压低嗓音，以免周围的人听见。

Mississippi——我在脑袋里拼道。四个 s，四个 i，两个 p，奇妙的单词。

"此外？"

"闷头吃吧！"她说。

"困得要死。"

"知道知道了，求求你，可别睡，人家看着呢。"

|困|

　　到底不该来出席什么婚礼。新娘好友桌上坐一个男人本来就莫名其妙，何况实际上也算不上好友，什么也算不上。一开始就该断然拒绝，那样我此刻就可以舒舒服服睡在自家床上了。

　　"约克夏梗犬。"她突然开口。弄得我呆愣了好一会才明白原来是叫我拼词。

　　"Y·O·R·K·S·H·I·R·E T·E·R·R·I·E·R"——这回我试着说出声来。拼词考试一向是我的拿手好戏。

　　"就这么来。再坚持一个小时，一小时后让你睡个够。"

　　喝罢汤，我一连打了三个哈欠。几十个之多的男侍应生一齐上阵撤去汤盘，随后端来色拉和面包。瞧那面包，就好像在说它是不远万里好容易赶来的。

　　有人开始致辞——不可能有任何人听的致辞绵延不断。人生啦气候啦，老生常谈。我又困了起来。她用平底鞋尖踢我的踝骨。

　　"说来不好意思，这么困生来还是头一遭。"

　　"为什么睡的时候不好好睡？"

　　"睡不实嘛。这个那个想个没完。"

　　"那，就想个没完好了！**反正不能睡**。这可是我朋友的婚礼。"

017

"不是我的朋友。"我说。

她把面包放回盘子,一声不响地定睛看我的脸。我偃旗息鼓,开始吃奶汁牡蛎。牡蛎有一种古生物般的味道。吃牡蛎的时间里,我变成了绝对完美的翼手龙,转瞬之间飞越原始森林,冷冷地俯视着荒凉的地表。

地表上,一位似乎老实厚道的中年钢琴教员正在谈新娘小学时代的往事——"她是个不明白的地方一定得问个水落石出的孩子。虽然因此比别的孩子进步慢,但最后弹出的钢琴比谁都充满真情。"我在心里哼了一声。

"或许你觉得那个女的无聊,"她说,"实际上人非常不错。"

"哼。"

她把手中的汤匙停在半空,凝视着我的脸:"真的。你也许不信。"

"信。"我说,"美美睡一觉起来就更信了,我想。"

"可能的确有点无聊,但无聊这东西并非什么重罪。是吧?"

我摇摇头:"不是罪。"

"难道不比你这样冷眼**旁观**人世地道得多?"

| 困 |

"我没有冷眼旁观人世。"我抗议,"人家正睡眠不足,却为了凑数而被拉来参加不认识的女孩的婚礼——仅仅因为是你的朋友。我原本就不喜欢哪家子婚礼,**全然**喜欢不来。一百多号人围在一起吃一文不值的牡蛎罢了。"

她再不做声,把汤匙端端正正放在盘上,拿起膝头的白色餐巾擦了下嘴角。有人开始唱歌,闪光灯闪了好几下。

"只是困。"我冒出一句。感觉上就像连旅行箱也没带就被孤零零地抛弃在陌生的城市。袖手端坐的我面前放上了一盘烤牛排,那上面仍有白色气团漂浮不去——"那可是刚从洗衣店取回来的爽干爽干的床单哟,知道吧?就倒在上面好了,凉丝丝的,却又是暖融融的,还有太阳味儿。"

她的小手碰在我手背上。若有若无的香水味儿。她细细直直的秀发抚弄着我的脸颊。我像被弹起似的睁眼醒来。

"马上就完,坚持一下,求你了。"她贴在我耳边说道。她像模像样地穿着一条白绸连衣裙,胸部形状赫然隆起。

我拿起刀叉,像用T形尺画线那样缓缓地切肉。每张桌子都很热闹,人人七嘴八舌吵吵嚷嚷,其间掺杂着叉子碰在碟盘上的声响。简直是上班高峰的地铁车厢。

"说实话,每次参加别人的婚礼都困。"我坦言道,"总是这样,无一例外。"

"不至于吧?"

"不骗你,**真**是这样。没打盹的婚礼这以前一次也没有过,自己都不明所以。"

她满脸诧异地喝了口葡萄酒,挟了几根炸薯条。

"莫不是有什么自卑心理?"

"摸不着头脑。"

"肯定自卑。"

"那么说来,倒是经常梦见跟白熊一起到处砸窗玻璃来着。"我试着开玩笑,"其实是企鹅不好。企鹅硬是叫我和白熊嚼蚕豆,而且是粒大得不得了的绿蚕豆……"

"住口!"她一声断喝。

我默然。

"不过一出席婚礼就困可是真的。一次把啤酒瓶弄了个人仰马翻,一次刀叉连掉地上三回。"

| 困 |

"伤脑筋啊。"她边说边在盘子里小心地拨开肥肉部分,"我说,莫不是你想结婚吧?"

"你的意思是:所以才在别人婚礼上睡觉?"

"报复!"

"潜在愿望带来的报复行为?"

"是的。"

"那,每次乘地铁都打瞌睡的人如何解释?是下矿井的愿望不成?"

对此她不予理睬。我不再吃牛排,从衬衣袋里掏出香烟点燃。

"总而言之,"稍顷她说,"你是想永远当孩子。"

我们默默吞食黑**加仑**冰淇淋,喝热浓缩咖啡。

"困?"

"还有点儿。"我回答。

"不喝我的咖啡?"

"谢谢。"

我喝第二杯咖啡,吸第二支烟,打第三十六个哈欠。打完抬脸时,餐桌上方的白色气团不知去了哪里。

021

一如往常。

气团消失时,桌面摆上了礼品蛋糕盒,我的困意也随之不翼而飞。

自卑感?

"不去哪里游泳?"我问她。

"这就去?"

"太阳高着呢。"

"可以是可以,泳衣怎么办?"

"到酒店商品部买就行了嘛!"

我们抱着蛋糕盒,沿着酒店走廊走向商品部。星期日的下午,酒店大厅里挤满了婚礼来宾和出游的一家老小,一塌糊涂。

"嗳,对了,'密西西比'这个单词真有四个s?"

"不知道,天晓得!"她说。她脖颈上漾出了妙不可言的香水味儿。

出租车上的吸血鬼

坏事往往是赶一块儿来的。

这当然属于泛论。但如果真有几桩坏事赶在一起,就不是什么泛论了。同约好见面的女孩失之交臂,上衣扣脱落不见,电车中见到不愿见的熟人,虫牙开始作痛,雨不期而至,搭出租车因交通事故受阻——这种时候若有哪个混蛋说什么坏事要来就一块儿来,我肯定把他打翻在地。

你也一定这样吧?

说到底,泛论就是这么个东西。

所以同别人和睦相处相当不易。我不时心想:要是能作为门口蹭鞋垫什么的躺着度过一生该有何等美妙。

然而,门口蹭鞋垫的世界也自有其门口蹭鞋垫式的泛论,自有其辛苦。也罢，怎么都无所谓。

总之，我在堵塞的路面上被关在了出租车里。秋雨在车顶"吧嗒吧嗒"响个不停。计程表起跳时的"咔嚓"声如火药枪筒射出的霰弹一样直捅我的脑门。

罢了罢了！

何况我戒烟才第三天。有心想点儿开心事，却一件也想不出。无奈，只好想脱女孩衣服的顺序。首先眼镜，其次手表，"哗啦哗啦"响的手镯，再往下……

"我说先生，"司机突然开口了，正是我好不容易赶到衬衫第一个纽扣的时候。"你认为真有吸血鬼？"

"吸血鬼？"我愕然地看着司机的脸。司机也看着后视镜中我的脸。

"吸血鬼，就是喝血的……？"

"是的。果真存在？"

"不是吸血鬼式的存在或作为比喻的吸血鬼什么的？不是吸血蝙蝠或科幻小说里的吸血鬼之类？而是真真正正的吸血鬼？"

"那自然。"说着，司机把车往前开了大约五十厘米。

"不清楚啊,"我说,"不清楚的。"

"不清楚可不好办。信还是不信,二者选其一。"

"不信。"我说。

"不信吸血鬼的存在喽?"

"不信。"

我从衣袋里掏出烟叼上,也不点火,只管把烟叼在唇间转动。

"幽灵如何?相信?"

"幽灵倒觉得有。"

"不是觉得,用 Yes 或 No 回答好吗?"

"Yes。"我无可奈何,"相信。"

"相信幽灵的存在喽?"

"Yes。"

"但不相信吸血鬼的存在?"

"不相信。"

"那我问你:幽灵与吸血鬼究竟有何区别?"

"幽灵嘛,大约是肉体式存在的对立面吧。"我信口开河道。这方面我非常拿手。

"嗬。"

"然而吸血鬼是以肉体为轴心的价值转换。"

"就是说，你承认对立面，不承认价值转换，嗯？"

"莫名其妙的东西一旦承认起来，就收不了场了。"

"先生真是知识分子。"

"哈哈哈，大学念了七年之久。"

司机眼望前方蜿蜒而去的车列，叼起一支细细的香烟，用打火机点燃。薄荷味儿在车内荡漾开来。

"不过么，若是真有吸血鬼你怎么着？"

"怕是伤透脑筋。"

"光伤脑筋？"

"你是说不行？"

"是不行的。信念这东西可是崇高的，认为有山就有山，认为没山就没山。"

有点像多诺万（Donovan）古老的民谣。

"是那样的吗？"

"是那样的。"

我口叼着没点火的烟叹了口气:"那么,你相信吸血鬼的存在?"

"相信。"

"为什么?"

"为什么?信就是信。"

"可有实证?"

"信念同实证没有关系。"

"那么说倒也是。"

我无心恋战,回头再去解女孩衬衫的纽扣,一个、两个、三个……

"有实证。"司机说。

"真的?"

"真的。"

"证证看。"

"我就是吸血鬼。"

我们沉默有顷。车只比刚才前进了五米。雨依然"吧嗒吧嗒"响个不停。计费表已超过了一千五百日元。

"抱歉,能把打火机借我一用?"

"可以。"

我用司机递过来的大大的白色打火机点燃香烟，把三天没吸的尼古丁吸入肺腑。

"堵得够厉害的了。"司机说。

"昏天黑地。"我说，"不过，吸血鬼的事……"

"呃。"

"你真是吸血鬼？"

"是的。说谎也没意思的嘛。"

"那，什么时候成为吸血鬼的？"

"已经九年了。正是慕尼黑奥运会那年。"

"时间停止吧，你永远美丽。"

"对对，一点不错。"

"再问一句好么？"

"请请。"

"为什么当出租车司机？"

"因为不愿意受吸血鬼这一概念的束缚。披斗篷、坐马车、住城堡——那样是不好的。我可是规规矩矩纳税的，印鉴也做了登记。迪斯科也跳，弹子机也玩。不正常？"

"不,没什么不正常。只是,总有点想不通。"

"您是不信喽?"

"不信?"

"不信我是吸血鬼,是吧?"

"信当然信。"我慌忙说道,"认为有山就有山。"

"那就行了么。"

"那么,要时不时吸血?"

"这——,吸血鬼嘛。"

"不过,血也有味道好的和味道糟的吧?"

"有的。您的就不成,吸烟过量。"

"戒了些日子了,怕还是不行。"

"吸血嘛,不管怎么说都是女孩好。就像一拍即合似的。"

"似乎可以理解。以女演员来说,大致什么样的好喝呢?"

"岸本加世子——她的估计够味儿;真行寺君枝也不赖;叫人提不起兴致的是桃井馨。大致这样子吧。"

"但愿吸得成。"

"是啊。"

十五分钟后我们告别。我打开房间门按亮灯,从电冰箱里拿出啤酒喝了。喝罢给不巧没碰上的女孩打电话。一问之下,失之交臂自有失之交臂的充足理由。就那么回事。

"告诉你,暂时最好不要坐练马区番号的黑漆出租车。"

"为什么?"她问。

"有个吸血鬼司机。"

"是吗?"

"是的。"

"为我担心?"

"还用说。"

"练马区番号的黑漆车?"

"嗯。"

"谢谢。"

"不客气。"

"晚安。"

"晚安。"

她的镇、她的绵羊

札幌开始下今年第一场雪。雨变成雪,雪又变成雨。在札幌,雪并非那么罗曼蒂克的东西,总的说来像名声不怎么好的坏亲戚。

十月二十三日,星期五。

离开东京时只穿一件T恤。从羽田乘上747,还没听完随身听的九十分钟磁带,我便已置身雪中了。

"就这个样子。"我的朋友说,"年年这个时节下第一场雪,冬天随后跟进。"

"真叫冷啊!"

"真正的冬天更冷,冷得不得了、不得了的。"

我们是在神户附近一个小小的、安安静静的小城里长大的。两家相距五十来米,初中高中都同校。一起旅行,幽会也是两对一起。一次两人喝得大醉，从出租车门里滚了下来。高中毕业，我上了东京一所大学，他考去了北海道。我和东京出生的同班同学结了婚，他和小樽出生的同班同学结了婚。所谓人生便是这么个东西，一如植物种子被不期而至的风吹走，我们在偶然的大地上彷徨。

假如他上东京的大学，我考去北海道，那么无须说，我们的人生势必截然不同。有可能我在札幌的旅行分社工作，满世界跑来跑去，他在东京当作家。然而由于"偶然"这个母亲的引导，我写小说，他在旅行分社工作。而且，猎户座至今星光灿烂。

他有个六岁的儿子，月票夹里总有三张照片：在圆山动物园同羊玩耍的小北斗，一身七五三[1]衣服的小北斗，乘坐游乐园火箭的小北斗。我将三张照片分别看了三次，交还给他，然后喝生啤，抓吃冰一样的冻鲑鱼片。

"对了，P怎么样了？"我问。

"春风得意。"他答道，"近来在路上一下子碰上了，说和老婆离了婚，跟一个年轻女孩在一起。"

"Q如何？"

---

[1] 日本男孩在三岁、五岁、七岁那三年的十一月十五日分别由家人举行的庆贺活动。

"做广告代理,广告词写得一塌糊涂。"

"这可想而知。"

如此不一而足。

我们付罢账,走到门外。雪仍下得纷纷扬扬。

"怎样,最近回神户了?"我问。

"哪里,"他摇摇头,"太远了。你呢?"

"没回去。也没怎么有想回去的心情。"

"呃。"

"大概变化不小吧?"

"唔。"

在札幌街头晃晃悠悠走不到十分钟,我们的话题就搜刮一空了。我返回宾馆,他返回三居室公寓。

"啊,保重吧。"

"嗯,你也保重。"

切换机"咔嚓"一声响。几天后我们将再次在各自不同的路上行进。明天我们就将在相距五百公里的两座城市里向着各自的无聊继续没有目标的战斗。

宾馆的电视正在播放地方台广告节目。我鞋也没脱就倒在床罩上，一边把通过客房服务要来的熏三文鱼三明治用凉啤酒冲到喉咙深处，一边半看不看地看着荧屏。

荧屏正中形影相吊地站着一个身穿藏青色连衣裙的女孩。摄像机以肉食动物般执拗的视线一动不动地捉住她静止的腰部以上，既不变换角度，又不前移不后退，感觉上就好像前些年的新浪潮派[1]电影。

"我在R镇政府宣传科工作。"她说，那口音多少带有方言味儿，而且紧张得发颤，"R镇是个人口七千五百的小镇，没什么名气，诸位或许不知道。"

"遗憾。"我说。

"镇的主要产业是农业和奶酪畜牧业。其核心无论怎么说都是水稻种植，但近年来伴随着减产政策的推行，正在急速向小麦和近郊蔬菜种植转变。此外，离镇稍远些的地方有个镇营牧场，那里饲养着约两百头牛和一百匹马，以及一百只绵羊。眼下镇正在扩大畜牧业，再过三年，这个数字将大幅度增加。"

---

1 1958年前后法国电影界以让·吕克·戈达尔等为代表的新一代导演及其作品倾向。

| 她的镇、她的绵羊 |

她长得不漂亮,二十岁左右,架一副金属框眼镜,嘴角浮现出俨然出故障的电冰箱似的僵挺的微笑。然而她很迷人。新浪潮派的摄像机将她最动人的部分表现得淋漓尽致。倘若我们每一个人都能在摄像机前讲上十分钟,世界有可能变得远为令人销魂,我觉得。

"明治中期,流经 R 镇附近的 R 河中发现了砂金,出现过一阵淘金热。但砂金采完淘金热也就过去了,唯有几处窝棚的遗址和翻山越岭的小道令人回忆起当时的光景。"

我嚼着最后一片熏三文鱼三明治,一口喝干啤酒。

"镇……呃……镇的人口几年前超过一万,后来由于弃农外出,人口显著减少。年轻人流往都市已经成为问题,我的同学也有一半多离开了这个镇。当然,也有人坚持了下来。"

她好像在窥视映出未来的镜子似的紧盯住摄像机,嘴里说个不停。她的眼睛通过电视机显像管目不转睛地注视着我。我从电冰箱里拿出第二罐啤酒,扯掉易拉环喝了一口。

她的镇。

我可以想象她的镇的景象。一天只停八趟列车的火车站,有火炉的候车室,冷飕飕的小交通岛,字迹残缺得有一半读不出的镇导

035

游图，万寿菊花坛和路两旁的欧洲花楸，为生计而疲于奔命的脏兮兮的白狗，宽阔得近乎空荡荡的路面，招募自卫队员的宣传画，三层高的杂货商店，学生服和头痛药的广告牌，一家小旅馆，农业联合会和林业中心和畜牧业振兴会的办公楼，一根烟囱孤零零地直冲灰色天空的澡堂。从大街尽头往左拐再过两条马路的地方坐落着镇政府，她坐在宣传科里。小小的、没有情调的镇。一年中有近一半时间被雪覆盖。她为这个镇不停地写公告稿：某月某日配发绵羊消毒剂，需要者请于某月某日前在指定的申请表上登记……

在札幌这家宾馆的小房间里，我同她的人生不期而遇了。但其中欠缺什么。在这宾馆的床上，时间简直就像租来的西装，无法同身体正相吻合。钝钝的柴刀剁着我脚下的绳子，一旦绳子断裂，我就将永无归宿。我为此而惶恐不安。

不，绳子当然不会断，不会。喝多了啤酒想入非非罢了。也可能是窗外飘舞的雪花所使然。我顺着脚下的缆绳爬回现实那黑暗的翅膀下。我的街，她的绵羊。

当她的绵羊们把高质量的消毒剂拿到手的时候，我大概正在我的街上为我的绵羊们做越冬准备。囤积干草，往罐里倒灯油，修理窗框以对付暴风雪。冬天正在步步逼近。

"这是我的镇，"她继续下文，"虽说镇又小又无特色可言，但毕竟是我的镇。如有机会，请来镇上看看，也许我们能为您做点什么。"

随即，她的身影从荧屏上消失了。

我按了一下枕旁的开关，把电视关掉，一边继续喝着啤酒，一边考虑是否去她的镇看看。有可能她会为我做点什么，然而归根结蒂，我恐怕不至于去她的镇，我已经丢弃了太多太多的东西。

外面依然在下雪。一百只绵羊在黑暗中紧闭着眼睛。

海驴节

海驴来时是下午一点。

我吃完简单的午饭，正在吸烟，门铃"叮铃铃"响了，我开门一看，是**海驴**站在那里。并非有什么特征的**海驴**，极其普通的、随处可见的、平庸无奇的**海驴**。既没戴太阳镜，又没穿"布克兄弟"（Brooks Brothers）三件套。**海驴**这种动物，总的说来颇像早些年的中国人。

"初次见面，"**海驴**说，"但愿不是在您正忙的时候打扰……"

"啊，哪里，倒也不是有多忙。"我慌忙应道。**海驴**身上总好像有毫不设防的地方，这使得我分外慌张。每每如此，每每——无论什么样的**海驴**。

"如果方便的话，能给我十分钟时间就求之不得了……"

我条件反射地觑了眼手表。其实根本没什么必要看表。

"不会占用您多少时间的。"**海驴**似乎看透我的心思,郑重其事地加上一句。

我根本闹不清是怎么回事,但还是把**海驴**让进房间,往杯里倒了冷麦茶递过去。

"啊,请别客气。"**海驴**说,"马上告辞的。"

话虽这么说,**海驴**还是津津有味地把麦茶喝去差不多一半,从衣袋里抽出一支"Hi-Lite",用打火机点燃。"连着热了好些天了。"

"是啊。"

"不过早晚还好受些。"

"是啊,到底九月份了。"

"可怎么说呢,高中棒球赛也完了,职业棒球那边巨人队获胜已成定局——兴奋点好像没有了。"

"嗯,那倒是的。"

海驴一副无所不知的神情,自以为是地点着头,眼珠"骨碌碌"巡视了一圈房间。"恕我冒昧,您一直一个人?"

"啊，不，妻子外出旅行，有些时日了。"

"嗬嗬，夫妇分头休假，真是美死人了。"

如此说罢，**海驴**蛮开心地"嗤嗤"笑了几声。

说到底，全是我的责任。就算再醉得不省人事，也不该在新宿那家酒吧里把名片递给坐在旁边的**海驴**，这是尽人皆知的事。所以，任何人——只要是乖觉之人——都断断不会把名片递给**海驴**。

请不要误解，我绝非讨厌**海驴**这种动物。不仅不讨厌，甚至觉得**海驴**好像有某种叫人恨不起来的地方。当然喽，若妹妹——我有个妹妹——某一天突然提出要和**海驴**结婚，我想必会吃惊不小，但也不至于气急败坏地反对。也罢，既然相爱也未尝不可么——我想最后也就这个样子。如此而已。

可是把名片递到**海驴**手上，问题就另当别论了。如您所知，**海驴**这种动物是生活在象征性的、横无际涯的大海中的。A 是 B 的象征，B 是 C 的象征，C 是作为总体的 A 和 B 的象征。**海驴**社会是建立在如此象征性的金字塔或混沌状态之上的，而处于其顶点或中心位置的便是我的名片。

所以，**海驴**的皮包里总是装着厚墩墩的名片夹，其厚度象征他在海驴社会中的地位。这和某种鸟收集小圆珠是一回事。

"听说我的朋友日前得到了您的名片。"**海驴**说。

"唔，啊，是吗？"我装起糊涂来，"醉得厉害，记不清楚了。"

"他本人可是乐不可支哟！"

我敷衍了一声，自管喝着麦茶。

"那么，噢，如此贸然登门相求，心里实在不安，不过这也算是名片促成的缘分……"

"相求？"

"是的。也不是什么大不了的事。啊，说起来，无非是恳求先生对于**海驴**这一存在给予象征性援助——也就这个程度。"

海驴这种动物基本上都以**先生**称呼对方。

"象征性援助？"

"话说迟了。"说着，**海驴**从皮包里"窸窸窣窣"地掏出名片递给我。

"在下的名片。"

"**海驴**节筹办委员会委员长。"我念出他的头衔。

"关于**海驴**节,想必您已耳闻……"

"噢,倒也是,"我说,"事情倒是早有所闻。"

"对**海驴**来说,**海驴**节至关重要,在某种意义上乃是象征性仪式。不不,不仅对**海驴**,对全世界恐怕都是如此。"

"哦。"

"就是说,**海驴**这一存在现今已被视为少而又少的存在。可是、可是,"**海驴**在此引而不发地停顿一下,把在烟灰缸中冒烟的"精华"使劲碾死,"可是**海驴**的的确确是构成世界的某种精神性要素。"

"啊,你的意思……"

"我们的目的在于实现**海驴**文艺复兴。它既是对**海驴**而言的文艺复兴,同时又必须是对全世界而言的文艺复兴。唯其如此,我们才需要从根本上改革以往极度封闭的**海驴**节,办一个作为面向世界的祝词,或者作为其踏板的**海驴**节。"

"意思我是很清楚了。"我说,"那么具体说来……"

| 海驴节 |

"节这东西终归不过是节,热闹固然热闹,但不妨说,它仅仅是连续行为的一个结果。真正的意义,亦即确认作为我们的同一性的**海驴**性的作业,在于这一行为的连续性之中。就是说,节不过是其追认行为罢了。"

"追认行为?"

"宏大的 déjà-vu[1]。"

我如坠五里雾中,但还是点了点头。典型的**海驴**修辞手法。**海驴**总是这样说话。总之只能任**海驴**一吐为快。他们倒没有什么歹意,只是想讲讲话而已。

这么着,等**海驴**说完,两点半都过了,我已经筋疲力尽,浑身瘫软。

"事情就是这样。"说着,**海驴**像在自己家里似的喝干已经温吞吞的麦茶,"您大致已经明白了吧?"

"总之就是要赞助喽?"

"精神性援助。"**海驴**纠正道。

我从钱夹里拿出两张千元钞放在**海驴**面前:"钱少了些,对不

---

[1] 法语。似曾相识,即视感。

起，但现在就这么多。早上付了保险费和订报费。"

"不不，"**海驴**在脸前挥了挥手，"有这份心意就行了，真的。"

海驴回去后，一份名叫《**海驴**通讯》的薄薄的会刊和**海驴**贴纸徽章剩了下来，徽章上印有**海驴**图案和"作为隐喻的**海驴**"字样。我不知怎么处置好，正好附近违章停有一辆红色"赛力卡"（Celica），遂把徽章贴在挡风玻璃正中。那贴纸的黏性甚是厉害，揭掉怕不容易。

镜子

唔，我一直在听大家谈体验。听起来这类话题是不是有这么几种模式：一种是这边有个生之世界，那边有个死之世界，两者交错着，比如幽灵之类。另一种是说存在着超越三维常识的某种现象和能力，也就是预知啦预感啦等等。大致划分起来，我想可以分为这么两种。

综合起来看，我觉得大家似乎只是各自集中地体验一种，非此即彼。也就是说，见过幽灵的人反反复复看见幽灵，而几乎不曾产生过预感；而经常体验预感的人则没见过幽灵。何以如此我是不大明白，不过这上面好像有适合不适合的区别，我是这样看的。

此外，对哪一种都不适合的人当然也是有的。例如我就是。我已经活了三十几年了，但幽灵还一次都没看过。预知也好预感也罢，统统无从谈起。一次和两个朋友坐电梯，他俩看见了幽灵，我却浑然不觉。两人都说有个穿灰色套装的女子站在我旁边,我说绝对没有什么女的上来,只有我们三人。这不是说谎,再说两人都不是故意蒙骗我的那类朋友。倒是一次非常不是滋味的体验,尽管如此,我没见过幽灵这点还是没有改变。

反正就是这样。一没见过幽灵,二没有特异功能。怎么说呢,十分大写意的人生吧。

不过,仅有一次——仅仅一次——我从心底感到害怕过。十多年以前的事了,还从没跟谁提起过。就连说出口都害怕,觉得一旦说出口,说不定还会发生同样的事,所以始终压在心里。但今天晚上大家一个接一个各自讲了恐怖的体验,作为东道主的我也不好最后一句都不说就宣布散会。所以,我也说说。

好了好了,别鼓掌。又不是什么大不了的体验。

前面也已说过,一没出现幽灵,二无特异功能。事情并不像我想的那么恐怖,大家有可能失望,心想**怎么搞的嘛**。随你们怎么想,反正我开始说了。

我高中毕业的六十年代末发生了一系列纷争,动不动就要砸烂

| 镜子 |

体制，就是那样一个时代。我也是被吞入那种浪潮的一个，拒绝上大学，干了几年体力活，转遍了整个日本，并认为那才是正确的活法。是的，的确干了种种样样的事，险事也干了几桩。年轻气盛的缘故吧。不过如今想来，倒是蛮有趣的日子。假如人生能重来一次，恐怕也还会干同样的勾当，就这么回事。

流浪的第二年秋天，我干了差不多两个月的中学夜警。是新潟一个小镇上的初中。我干了整整一夏天苦力，正想稍微轻松一下。夜警那活计真叫舒服，白天在工友室睡觉，到了夜里绕着校舍查看两遍就算完事。其他时间或在音乐室听唱片，或在图书馆看书，或在体育馆一个人打篮球。夜晚学校里单身一个人可真不坏。哪里，一点也不害怕的。十八九岁不知道什么叫害怕。

你们大概没干过什么中学夜警，我得大体说明一下。巡视九点和三点各一次，有这个规定。校舍相当新，三层混凝土建筑，教室的数量为十八至二十间。毕竟学校不大。还有音乐室、实验室、裁缝室、美术室，以及教员室、校长室什么的。除了教学设施，还有配餐室、游泳池、体育馆和礼堂，都要大致巡视一圈。

巡视时有二十来个重点，要一个个确认，用圆珠笔在专用纸上画 OK 记号。教员室——OK，实验室——OK，就这样画下去。当然喽，在工友室躺着也能 OK、OK 画记号，但从未马虎到这个地步。因为看一圈也不费什么力，再说若是真有变态者摸进来，被偷营劫寨的终究是我。

这样，九点和三点我拿着大手电筒和木刀巡视校园。左手手电筒，右手木刀。高中时代我练过剑术，这个自信还是有的。对方若是外行，即使真拿日本刀也不足为惧，那个时候嘛。要是现在，当然是抱头鼠窜。

那是十月间一个刮大风的夜晚，冷并不冷，相对说来感觉上还多少有点闷热。傍晚蚊子开始增多，多得不得了，记得我点了两盘蚊香。风一直在吼。不巧游泳池的分隔门坏了，给风一吹，"乓乓乓乓"直响，令人心烦。想修一修吧，又黑得没法修。结果"乓乓乓乓"响了个通宵。

九点巡视时平安无事。二十个重点全部 OK。锁上得好好的，一切各就各位，无任何异常。我返回工友室，将闹钟调到三点，美美地睡了过去。

三点铃响时，我总觉得很不对头。说是说不好，反正觉得不对

| 镜子 |

头。具体说吧,就是不想起来,感觉上像有什么东西阻碍我想起身的意志。我起床算是痛快的,这种情形本不该有。于是勉强爬起,做巡视准备。分隔门"乒乒乓乓"的声音依旧响个不停,但声音似乎同刚才有所不同。可能只是神经过敏,反正就是觉得别扭。我心里不快,懒得出去巡视,但最终还是下决心出去了。因为一旦蒙混一次,往下就不知要蒙混多少次了。我拿起手电筒和木刀走出工友室。

一个讨厌的夜晚。风越刮越猛,空气越来越湿。身上一剜一剜地痛,注意力无法集中。最先结束的是体育馆、礼堂和游泳池,哪个都OK。门就像神经错乱者一摇头一点头似的"乒乒乓乓"一会开一会闭,非常不规则。唔、唔、啊不,唔、啊不、啊不、啊不——就这么个感觉。比喻是有点儿怪,但当时真是这么感觉的。

校舍没有什么不正常,一如平日。大体转罢一遍,全部往纸上画了OK记号。总之什么也没发生,我舒了口气准备回工友室。最后一个重点是配餐室旁边的锅炉房,它在校舍最东端,而工友室在西端,所以我总是沿着一楼长长的走廊返回工友室。当然是漆黑漆黑的,如果月亮出来,多少会有亮光进来,否则就伸手不见五指,须用手电筒照着脚下前行。那天夜里因为台风临近，当然没什么月亮出来，云层偶尔裂开一下，又马上变黑了。

我在走廊里走得比往日快。篮球鞋的胶底在亚麻地板上发出"咯吱咯吱"的声响。走廊亚麻地板是绿色的，现在都还记得。

走廊的正中间是学校大门，从那里通过时，感觉告诉我"就是它"！黑暗中好像有什么一闪。腋下一阵发凉。我握好木刀，转过身去，把手电筒光"哗"地朝那边——鞋柜旁边的墙壁——射去。

那里有我，就是说——是镜子！虚惊一场。我的形象映在那里罢了。直到昨天那地方还没什么镜子，新安的，吓了我一大跳。我一颗心放回肚里，同时觉得真是犯傻，怎么搞的，滑稽透顶！我站在镜前，手电筒放在地上，从衣袋里掏出烟点燃，一边看镜中的自己一边吸着。窗口有些许亮光照进，也照在镜子上。游泳池分隔门"乓乓乓乓"的声响从身后方传来。

烟吸了三四口，我突然注意到一件怪事：镜中的形象不是我！不不，外表完全是我，这点毫无疑问。但又绝对不是我。我本能地明白这点。不，不对，准确说来那当然是我。然而是**我以外**的我，

| 镜子 |

是我以不应有的形式出现的我。

表述不好。

不过那时有一点我能理解,那就是对方打心眼里憎恨我,黑魆魆的冰山般的憎恨,谁都无药可医的憎恨。这点在我是可以理解的。

我在那里呆愣愣地伫立好一阵子。烟从指间滑到地上。镜中的烟也掉在地上。我们同样盯视着对方。我的身体像被铁丝绑住了一样动弹不得。

又过了一会儿,那家伙的手开始动了。右手指慢慢触摸下颌,继而活像虫子蠕动似的一点点往脸上爬。意识到时,我也如法炮制。简直就像我是镜中的形象。就是说,那家伙企图支配我。

当时我拼出最后力气大声呼叫,"噢——"、"嗷——",就这么叫。这一来,紧绑的铁丝略有松动。旋即我用木刀狠狠地朝镜子劈去。镜子应声炸裂。我头也不回地奔回房间,锁上门,拉过被子蒙住脑袋。游泳池分隔门的声音一直响到早上。

"唔、唔、啊不,唔、啊不、啊不、啊不……"就这么响个不停。

事情的结局我想你们也知道了——当然一开始就没什么镜子,

没那玩意儿，大门口鞋柜旁边从来就没有过什么镜子，没有。

所以嘛，我没见过什么幽灵，我见到的只是我自身。唯独那天夜里尝到的恐怖滋味至今也不能忘掉。

对了，你们注意到我家里一面镜子也没有了吧？不照镜子而能刮须，做到这一步可相当花时间的哟，不骗你。

一九六三 / 一九八二年的伊帕内玛少女

"晒黑的皮肤,婀娜的身材,

年轻漂亮的伊帕内玛少女,

正在步步离开。

步法踩着桑巴舞点,

静静地起伏,

轻轻地摇摆。

我想说我爱你,

想把我的心献给她,

但她根本没注意到我,

只管眼望大海。"

一九六三年，伊帕内玛少女便是这样凝望着大海。而现在，一九八二年的伊帕内玛少女仍然同样凝望着大海。那以来她的年龄没有增加。她被封闭在印象里，在时间的大海中悄然漂游。假如年龄增加，差不多该四十了。当然也可能没这么老。就算没这么老，她恐怕也早已不是那么婀娜多姿了，也不会晒到那个程度。她已有了三个小孩，日晒损坏了皮肤。漂亮或许还算漂亮，但不至于像二十年前那般年轻了。

然而在唱片中她当然不上年纪。在斯坦·盖茨天鹅绒般的次中音萨克斯里，她永远年方十八，永远是冷静而温柔的伊帕内玛少女。我把唱片放到转盘上，一落唱针，她立刻现出倩影。

"我想说我爱你，
想把我的心献给她……"

每次听得此曲，我都想起高中的走廊，昏暗的、有点潮湿的高中走廊。天花板很高，水泥地面走起来"嗵嗵"作响。北侧有几个窗口，但由于山坡紧逼在近旁，走廊总是黑乎乎的，而且基本上寂无声息,至少在我的记忆中是基本上**寂**无声息。

至于为什么每次听到"伊帕内玛少女"我都想起高中走廊,我不大清楚。根本没什么前因后果。一九六三年的伊帕内玛少女到底往我意识的深井里投下了怎样一颗石子呢?

而提起高中的走廊,我又想起什锦色拉:莴苣和西红柿和黄瓜和灯笼椒和芦笋、切成圆圈状的元葱,以及粉红色的千岛酱(Thousand Island Dressing)。当然并不是说高中走廊尽头有一家色拉专卖店。高中走廊尽头有扇门,门外有个不怎么样的二十五米泳道游泳池,别无他物。

为什么高中走廊使我想起什锦色拉呢?这里也无前因后果可言。

什锦色拉又让我想起一个往日打过几次交道的女孩。

不过,这一联想可是非常顺理成章的。为什么呢?因为她总是清一色吃蔬菜色拉。

"英语读书报告、咯吱咯吱、已经、咯吱咯吱、写完了?"

"咯吱咯吱、还没有,咯吱咯吱、还有、咯吱咯吱、一点点。"

我也算是相当喜欢蔬菜的,所以每次同她会面都这么大吃大嚼。

她是个所谓有信念的人，坚信只要按比例好好吃蔬菜，凡事定然一帆风顺。只要人们不断吃蔬菜，世界便美丽、和平、健康、充满爱，她说。颇有点《草莓声明》（The Strawberry Statement）的味道。

"很久很久以前，"一位哲学家写道，"曾有过物质与记忆被形而上学深渊分割开来的时代。"

一九六三／一九八二年的伊帕内玛少女在形而上学的炽热沙滩上无声无息地行走不止。沙滩十分之长，温和的白浪徐徐打来。风一丝也没有。水平线上一无所见。一股海潮味儿。太阳热不可耐。

我歪倒在沙滩遮阳伞下，从保温箱里取出罐装啤酒，拉开盖。已经喝掉几罐了？五罐、六罐？也罢，管它呢！反正很快就会变汗排出体外的。

她还在行走，原色比基尼紧贴着她晒得黑黝黝的苗条身段。

"你好啊！"我打了声招呼。

"你好！"她说。

"不喝啤酒？"我邀请道。

"好哇。"

于是我们坐在沙滩遮阳伞下一起喝啤酒。

"对了,"我说,"记得一九六三年也见过你来着,同一地点,同一时间。"

"老皇历了?"

"是啊。"

她一气喝掉一半啤酒,盯着罐顶黑洞洞的孔。

"不过也可能见过。一九六三年吧?呃——,一九六三年……唔,可能见过。"

"你没上年纪,是吧?"

"我是形而上学女孩嘛。"

"那时的你根本就没注意到我,一个劲儿地、没完没了地看海。"

"有可能。"她笑笑,"嗳,再来一罐啤酒行吗?"

"当然行。"说着,我给她拉掉易拉环,"那以后一直在沙滩走来走去吧?"

"那是。"

"不烫脚底板?"

"不怕。我的脚底结构是非常形而上学的，看看？"

"嗯。"

她伸出细长的脚，让我看脚底板。果然是形而上学得无与伦比的脚底板。我用手指往那儿轻轻碰了碰，不热，也不凉。手指碰她脚底板时，响起了微微的涛声。甚至涛声也极为形而上学。

她和我闷头喝啤酒。太阳纹丝不动。连时间都静止了，就好像被吸进了镜子里。

"每次想到你，我都想起高中的走廊。"我说，"怎么回事呢？"

"人的本质在于复合性。"她说，"人类科学的对象不在于客体，而在于身体内的主体。"

"嗬。"

"总之得活，活、活、活，没别的。我不过是个具有形而上学脚底板的女孩。"

说罢，一九六三／一九八二年的伊帕内玛女孩拍去沾在大腿上的沙粒，欠身站起。"谢谢你的啤酒。"

"不客气。"

不时在地铁车厢里碰见她,每次她都向我送出"谢谢上次的啤酒"式的微笑。自那以来我们虽未交谈过,但我觉得我们的心在哪里相连着。至于在哪里相连我不晓得,想必在遥远世界中的某个奇妙场所有个绳结,而那个绳结又在别的什么地方同高中走廊和什锦色拉或作为素食主义者的"草莓宣言"式女孩相结相连。如此思来想去,许许多多的事、许许多多的东西便一点点令人怀念起来。在某个地方,一定有连接我和我自身的绳结。我迟早肯定要在遥远世界中的奇妙场所同我自身不期而遇,我觉得。如果可能,希望那是个温暖的场所,若能有几罐冰镇啤酒,那自然再好不过。在那里,我是我自身,我自身是我,二者之间无任何种类的空隙。这样的场所必定位于某处。

一九六三／一九八二年的伊帕内玛少女现在也在发烫的沙滩上行走,从不休息,一直走到最后一张唱片磨光为止。

喜欢伯特·巴卡拉克[1]吗？

您好！

寒冷一天天减弱，阳光中可以感觉到一丝春意了。过得可好？

日前来信饶有兴味地拜读了。尤其汉堡牛肉饼和肉豆蔻之间的关系那段富有生活气息，实在精彩得很，从中可以真真切切感受到厨房暖暖的气味和菜刀切元葱的"咚咚"声。

读着你的信，我想吃汉堡牛肉饼想得不行，于是当夜就去餐厅要了一份。那里汉堡牛肉饼竟有八种之多：得克萨斯风味的、加利福尼亚风味的、夏威夷风味的、日本风味的，不一而足。得克萨斯风味的非常非常大，总之就是大。得克萨斯人知道了，肯定吓一跳。而夏威夷风味的却配有菠萝。加利福尼亚风味的嘛……忘了。日本风味的搭配萝卜泥。餐厅风格别致，女招待都挺可人的，穿很

| 喜欢伯特·巴卡拉克吗? |

短很短的短裙。

但我去那里可不是为了研究餐厅的装修和欣赏女招待的内裤。我仅仅是去吃汉堡牛肉饼——吃**什么风味**也不是的普普通通的汉堡牛肉饼。

我便是这样告诉女招待的。

"对不起,本店只有**什么什么风味**的汉堡牛肉饼。"女招待说。

当然这不能责怪女招待,因为食谱不是她定的,而且她穿每当撤餐具时便一闪给人瞧见大腿根的制服也并非出于自愿。于是,我微微一笑,要了所谓夏威夷风味的汉堡牛肉饼。她告诉我,吃时把菠萝拨开就行了。

人世也真是个奇妙场所,我实际需求的是极为理所当然的汉堡牛肉饼,而在某个时候却只能以需要去掉菠萝的夏威夷风味汉堡牛肉饼这一形式得到。

对了,你做的怕是极为理所当然的汉堡牛肉饼吧?看信当中,不由得很想很想吃你做的极为理所当然的汉堡牛肉饼。

---

1 Burt Bacharach(1928—),美国流行乐坛重要作曲家。

相比之下，国营电车自动售票机那段文字，我觉得未免有点华而不实。着眼点诚然有趣，但情景未能跃然纸上——对读者请不要**故作深沉**。文章那东西说到底是信手拈来之物。

从总体上看这封信可以打七十分。行文水平有所提高。戒急戒躁，继续努力。期待着你下一封来信。但愿真正的春天早日降临。

3月12日

又：谢谢你的"曲奇"，实在谢谢。很好吃。但按本会规定，除信以外禁止一切私人交往。以后请勿这么客气。

不过反正谢谢了。

又：上次信中提及的同您先生的"精神性纠葛"，但愿已顺利化解。

☆

上面这份课余工我已持续做了差不多一年，是我二十二岁时的事。

我同位于饭田桥一个名字叫"Pen·Society"的莫名其妙的小公司签了合同,以一封两千日元的报酬每月写三十封以上与此大同小异的信。

"你也能写出打动对方的信"——这是那家公司叫得最响的广告词。入会者付入会费和月度酬金,每月往"Pen·Society"写四封信。我们这些"Pen·master"对其进行修改,写出上面那样的信、谈感想并加以指导。

女会员配男"Pen·master",男会员则配女的。分给我的会员共二十四人,年龄小至十四,大至五十三,主要是二十五到三十五岁的女性。就是说,几乎所有的会员年龄都比我大。所以最初一个来月,我总是被搞得狼狈不堪。大多数会员文章都比我强得多,且早已对写信得心应手,而我几乎没写过一封像样的信。我冒着冷汗好歹把头一个月应付了下来。

但一个月过去了,也没有哪个会员对我的写作能力表示不满。非但如此,公司的人还告诉我,对我的评价相当之高。三个月后,我甚至觉得会员们的写作能力似乎由于我的"指导"而提高了。不可思议。她们好像发自内心地把我作为教师来信赖了。

当时我不懂,现在才想明白,原来她们大概都很寂寞,只是想给谁写点什么,只是在寻求相互间的沟通。

这样,我就像一头腿脚不利索的海狗,在信札的 harem 中度过了二十一岁冬天到二十二岁春天那段时间。

会员们写给我的信实在多种多样。有百无聊赖的,有开朗欢快的,有伤感悲戚的。那一年时间里,我觉得自己一下子长了两三岁。

因故辞去那份课余工的时候,我所指导的会员无不为之惋惜。在某种意义上我也感到遗憾——尽管说实话我对如此无休止地写这种工作信已多少有些厌倦了——毕竟我觉得再不会遇上这么多人对我推心置腹的机会了。

☆

就汉堡牛肉饼来说,我实际吃到了她(最初给我写信的女性)做的汉堡牛肉饼。

她三十二岁,没有小孩,丈夫在一家有名的——世界排名第五——贸易公司工作。我在最后一封信中写明"遗憾的是本月底我将辞去这份工作"时,她要招待我一顿午餐。她写道,就做**极为理所当然**的汉堡牛肉饼好了。虽说违反会规,我还是决心前去。没有什么能遏止二十二岁小伙子的好奇心。

她住的公寓在小田急铁道沿线。房间干净利落,确实像没有孩子的夫妇的居所。家具也好照明也好她的毛衣也好,虽说都不高档,但给人的感觉很舒服。我对她看上去比我想的远为年轻、她对我的年龄比她想的小得多都很吃惊。"Pen·Society"不透露"Pen·master"的年龄。

但相互吃一惊后,初次见面的紧张便缓解下来。感觉上我们就像没有赶上同一班列车的乘客,一起吃汉堡牛肉饼,喝咖啡。从三楼窗口可以看到电车。那天天气极好,周围公寓阳台上晾满了被褥和床单,时而传来拍打被褥的"砰砰"声,声音很奇妙,没有距离感,好像从枯井底传上来的。

汉堡牛肉饼味道无可挑剔,香辣恰到好处,表面焦得可以听到一声**脆响**,内侧又挂满了肉汁,调味汁也正合适。我这么一说,她很高兴。

喝罢咖啡，我们边听伯特·巴卡拉克的唱片边讲自己的身世。不过，我没有什么身世好讲，几乎都是她讲。她说学生时代想当作家来着。她说她是弗朗索瓦丝·萨冈[1]迷，给我讲了萨冈。她说中意《你喜欢勃拉姆斯吗……》。我也不讨厌萨冈，起码不认为她如世人说的那般俗气。

"可我什么也写不出来。"她说。

"现在开始也不晚的。"我说。

"自己什么也写不出来这点还是你告诉我的呢。"她笑道。

我一阵脸红。二十二岁前后，我很容易脸红。"不过，你所写的有非常直率的地方。"

她没说什么，嘴角浮起微微的笑，的确笑得轻微，也就一厘米的几分之一。

"至少看你的信想吃汉堡牛肉饼来着。"

"肯定是因为当时你肚子饿了。"她缓缓地说。

或许是那样的。

电车发出"咔咔"的干涩声从窗下驶过。

---

[1] Fransçoise Sagan（1935—2004），法国女小说家。著有《你好，忧愁》等。

☆

钟打五点，我说该告辞了。"您先生回来前您得准备晚饭吧？"

"丈夫很晚很晚，"她依然支颐不动，"不到半夜是不会回来的。"

"真够忙的。"

"是啊。"她停顿片刻，"信上我想也写过，我们的关系不怎么融洽。"

我不知怎样应答。

"不过，也好。"她静静地说。听起来真像是那样也好。"谢谢你长期写信给我，那让我非常愉快。"

"我也很愉快的。"我说，"还要谢谢您招待的汉堡牛肉饼。"

☆

即使在十年后的今天，每次坐小田急线电车从她公寓附近通过，我仍然会想起她，想起一咬就发出**脆响**的汉堡牛肉饼。

哪个窗口我忘了，恐怕她现在也在那窗口里头继续一个人听同一张伯特·巴卡拉克唱片,我觉得。

那时我该同她睡觉不成?

这是此文的主题。

我不知道。

即使上了年纪,不知道的事也很多很多。

五月的海岸线

朋友来的一封信——一张婚礼请柬拉我返回故乡。

我请了两天假,订了宾馆房间。感觉上怪怪的,就像身体的一半透明了似的。

五月一个晴空万里的清晨,我把随身用品塞进手提箱,乘上了新干线。我坐在靠窗位置,翻开书页,又合上,喝干一罐啤酒,打了个盹,不再看书,只管眺望窗外。

扑到新干线窗上的风景总是千篇一律。枯燥无味的风景被死活撕裂开来,杂乱无章地排成一条直线,就好像竣工待售的商品住宅墙壁上挂的木框画,让我看了了无兴致。

什么都和十二年前一模一样,毫无变化——无论透过强化玻璃射进来的五月阳光,还是干巴巴的三明治味道,抑或百无聊赖地浏览经济类报纸的邻座年轻贸易公司职员的侧脸。报纸上的标题告诉人们：欧共体将在几个月内对日本进口商品采取强硬的限制措施。

十二年前我在"故乡"有过一个恋人。大学一放假我就把东西塞进旅行箱，乘上早上第一班新干线，坐在靠窗位置，看书，观景，吃火腿三明治，喝啤酒。到"故乡"时总是上午，太阳还没完全爬上中天，"故乡"大街小巷还残留着早上的喧闹。我抱着旅行箱走进咖啡馆，喝早间优惠价咖啡，给她打电话。

我是那么喜欢那一时刻的"故乡"的一切：晨光、咖啡的芳香、人们惺忪的睡眼、尚未缺损的一天……

海潮味儿，微微的海潮味儿。

当然，不可能真有海潮味儿，蓦然有此感觉罢了。

我重新系好领带，从网式行李架上取下手提箱，走下车厢，满腑满肺吸了口真正的海潮味儿。脑海里条件反射地浮出几组电话号码。一九六八年的少女们……好像光把这些数字排列一遍，就可以邂逅她们。

说不定我们会在过去常去的饭馆里再次隔着小桌开怀畅谈。有可能小桌上铺了方格桌布,窗台上放了一盆天竺葵。窗口射进富有宗教意味的、悠然自得的阳光。

"哎呀,多少年没见了?噢,原来有十年了!时间这东西真是转眼就过去了。"

不不,不是这样。

"从最后一次见你到现在,才过去十年嘛。总觉得好像过去了一百年。"

无论哪种说法都滑稽透顶。

"发生的事情够多的了!"没准我会这样说。毕竟实际上发生了很多事。

她五年前结了婚,小孩也有了,丈夫在广告代理店工作,按揭有三个之多……也许谈起这个。

"现在几点了?"她问。

"三点二十分。"我回答。

三点二十分。时间简直就像过去的新闻纪录片的胶片盘一样"咔嗒咔嗒"转个不止。

我在站前拦了辆出租车,告以宾馆名称,然后点燃烟,再次让脑袋一片空白。

归根结蒂我是一个人也不想见,我在宾馆前面下了出租车,边在清晨空荡荡的大街上行走边这样怅怅地想道。大街上飘荡着黄油烧烤味儿、新茶味儿、洒在人行道上的水味儿。刚刚开门的唱片店里淌出走红歌曲。这些气味和声音仿佛正穿过意识的淡影一点点渗入我的体内。

好像有谁在呼唤我。

喂,这边、在这边!喏,是我,不记得了?有个正合你口味的地方,一块儿来好了,保你中意。

我想我根本不会中意那样的地方,更何况——我想——连你的长相都无印象。

不均匀的空气。

以前倒没觉察到,故乡的街上竟好像流淌着不均匀的空气。每走十米空气就变换浓度。重力、光、温度不一样,光溜溜的人行道上的脚步声也不一样,甚至时间也像破旧的引擎一样不够协调。

我走进一家男士商店,买了运动鞋和运动衫,让店员装进纸袋。总之我想更换装束。喝热咖啡,换穿新衣新鞋,一切此后再说。

进入宾馆房间，冲罢热水淋浴，躺在床上吸了三支万宝路。吸罢打开玻璃纸封口，穿上新运动衫。又掏出勉强塞进手提箱的蓝牛仔裤，系上新运动鞋的带子。

为了让新运动鞋适应脚，我在房间地毯上来回走了几次。走着走着，身体开始一点点适应这里了。三十分钟前感觉到的无可宣泄的焦躁，现在已多少有所缓解。

我穿着鞋躺在床上，茫然望着天花板。这时再次闻到了海潮味儿，比刚才真切得多。越海而来的潮风、礁石阴面残留的海草、湿漉漉的沙滩……是混合了这一切的**海岸**味儿。

一个小时后出租车停在海边时，海消失了。

不，准确说来，海是被挤到几公里之外去了。

唯独老防波堤的残骸仿佛什么纪念品似的沿着过去的海滨公路遗留下来。一段破旧的低矮的壁，已经毫无用处。其面对的已不是波涌浪翻的海岸，而是铺满混凝土的空旷的荒郊。荒郊上几十幢之多的高层住宅宛如巨大的墓碑无边无际地排列开去。

令人回想起初夏的阳光倾泻在大地上。

"成这个样子大概有三年了。"出租车司机告诉我,"填埋花了七年时间。劈山,用传送带运土填海,再把山弄成宅地,在海上建起住宅。不知道?"

"差不多离开十年了。"

司机点下头:"这里也面目全非了。再走一点儿有新海岸,去看看?"

"啊,这儿可以了,谢谢。"

他掀起计程表,接过我递出的零钞。

沿海滨公路行走之间,脸上薄薄地渗出汗来。五分钟后爬上防波堤,在宽约五十厘米的混凝土墙上走动。新运动鞋的胶底"吱吱"作响。在这遗弃了的防波堤上,我同几个小孩子擦身而过。

十二时三十分。

静得出奇。

回想起来,都已经是二十年前的事了。夏天一到,我就每天在这海里游泳。穿着海水泳裤,从自家院前光脚走到海边。太阳烘烤下的柏油路面烫得要命，只能一蹦一跳地走。还有傍晚的阵雨，那被晒热的柏油路面吸进去的阵雨气息，着实让我欢喜。

回到家，井里冰着西瓜。电冰箱当然有，但井里冰的西瓜味道再好不过了。进浴缸把身上的盐水冲掉之后，坐在檐廊里啃西瓜。一次吊西瓜的细绳脱落了，捞不上来，西瓜在井里泡了好几个月。每次打水，铁桶里都有西瓜片进来。记得是王贞治在甲子园成为优胜投手的那个夏天。不过井也真够深的，怎么往里看，看见的也只是个圆圆的黑影。

再长大些（那时海水已彻底污染，我们开始在山下的游泳池里游），傍晚时分我就领着狗（养狗来着，一只大白狗）在海滨公路上散步。把狗放去沙滩，自己正发愣之间，见到了班上几个女孩。运气好的话，可以同她们聊一个多小时，聊到天黑。她们穿着长长的裙子，头上一股洗发香波味儿，开始明显隆起的胸部包在小小的硬硬的乳罩里。一九六三年的女孩。她们坐在我身旁，不断诉说充满小小的谜的话语。她们喜欢的、讨厌的、班上的事、街上的事……安东尼·博金斯（Anthony Perkins）、格利高里·派克（Gregory Peck）、埃尔维斯·普雷斯利（Elvis Presley）的新影片，以及尼尔·萨达卡（Neil Sedaka）的《难分难舍》（Breaking Up Is Hard To Do）。

海边年年都有溺死者的尸体打捞上来，大多是自杀，谁也不知道是从什么地方跳到海里的。西服上没有名字，衣袋里没有任何持有物（也可能被海浪冲走了）。报纸的地方版只发一则短消息：身份不明，年轻女性，二十岁左右（推算），肺中灌满海水，膨胀得如同水泡……

死像误入时间长河的遗物一样缓缓随波逐流，某一日被冲上安静的住宅区域的海岸。

其中一个是我的朋友。那是很久以前我六岁时的事。由于短时强降雨而涨水的河流把他吞了进去。春天的一个午后，他的尸体随着浊流一起进入海湾，三天后同漂流木一起被冲上了海岸。

死的气息。

六岁的少年尸体在高温炉中焚烧的气味。

直冲四月阴晦天空的火葬场烟囱，灰色的烟。

存在的消失。

脚开始痛。

我脱去运动鞋，拉下袜子，继续在防波堤上赤脚走动。万籁俱寂的午后阳光中,传来附近一所中学的钟声。

高层住宅群无休无止地铺陈开去,同巨大的火葬场无异。不见人影,无生活气息。呆板板的道路上不时有汽车驶过,仅此而已。

我预言。

我——在五月阳光下两手各拎一只运动鞋行走于昔日防波堤上的我预言:**你们将土崩瓦解荡然无存。**

至于是几年后几十年后还是几百年后,我无由得知,但你们必定崩毁无疑。你们劈山、填海、埋井、在死者魂灵的头上建造起来的到底算什么东西?不外乎混凝土和杂草和火葬场烟囱,不是吗?

前方开始有河流出现,防波堤也好高层住宅也好都在那里终止。我下到河滩,把脚浸进清澈的河水。河水凉凉的撩人情思。即使是海水开始污染的年代,这河水也总是这么一清见底。从山上沿沙石河床笔直泻下的水。途中有几道阻挡流沙的瀑布,河里几乎没有鱼。

我蹚着浅水河段朝终于望得见海滩的地方走去。涛声、潮水味儿、海鸟、海湾里抛锚的货轮影……被填埋地左右挟持的海岸线在这里苟延残喘。光溜溜的老堤壁上罗列着无数涂鸦,有的用石块划出,有的用喷漆喷出。

大多是什么人的姓名。男人的姓名，女人的姓名，男人和女人的姓名，以及日期。

一九七一年八月十四日。（一九七一年的八月十四日我干什么来着？）

一九七六年六月二日。（一九七六年，奥运会和美国总统大选那年。蒙特利尔？福特？）

三月十二日。（没有年号的三月十二日。喂喂，三月十二日我可是通过三十一回了哟！）

或者是留言。

"……可以同任何人睡觉。"（也该留下电话号码才是嘛！）

"ALL YOU NEED IS LOVE！"（钴蓝色喷漆）

我在河滩上弓腰坐下，背靠防波堤，眼望凄凄然剩下五十来米的狭窄的海岸线，望了几个小时。除了安稳得近乎奇妙的五月潮声，其他一无所闻。

太阳划过中天，防波堤的影伸过河面。望着望着，我开始昏昏欲睡。在朦朦胧胧的意识中，我忽然心想：醒来时我将置身何处呢？

醒来时我将……

完蛋了的王国

完蛋了的王国后面有一条漂亮的小溪流过。的确十分漂亮，许多许多鱼儿游来游去。还长着河藻，鱼们吃它度日。鱼们认为王国完蛋也好怎么也好都不关自己的事。是那么回事。对鱼来说，王国也罢共和国也罢，都和它们了不相干：一不投票，二不纳税。

"那东西跟咱们没关系。"它们想。

我在小溪里洗脚。溪水凉冰冰的，脚刚一伸进去就变红了。从小溪可以望见王国的城墙和尖塔。尖塔上仍竖着双色旗，"呼啦呼啦"地随风飘摆。从溪边走过的人都看那旗，并且说：

"喏，你瞧，那就是完蛋了的王国的旗。"

＊

　　Q 是我的朋友，或者**曾是**。之所以这么说，是因为这十年来大凡朋友应该做的事 Q 和我一件也没做。这样，时至现在，我想恐怕还是以**曾是**朋友这一"过去时"来讲述更为确切。总之，我们曾是朋友。

　　关于 Q 这个人，每次我想向别人讲述时，总是陷入绝望的无奈之中。虽说我原本就不善于讲述一件事，但即便算上这一点，向别人讲述 Q 这个人也还是一项特殊作业，难而又难。每次进行尝试，我都会跌进深深、深深、深深的绝望深渊。

　　简单说吧。

　　Q 和我同龄，比我漂亮五百七十倍，性格也好，绝不对别人粗声大气，不自高自大，即使别人做错了什么而给自己添了麻烦，他也不会怎么生气。"算了，彼此彼此嘛。"他说。可是从没听说他给别人添过麻烦。身体发育也好。父亲在四国什么地方经营一家医院，所以总有数目不小的零花钱，但他并不乱花。衣着总是那么整洁利落，也会打扮。

还喜爱运动。高中时代是网球部的,参加过全国高中综合体育大赛(Inter-High)。尤其爱好游泳,每星期去两次游泳池。政治上属于稳健的自由派。成绩也好,尽管算不上出类拔萃。考试他几乎不用功对付,但学分一个也没丢过。因为上课时听得认真。

钢琴弹得甚是了得。比尔·艾文斯(Bill Evans)和莫扎特的唱片应有尽有。小说方面喜欢巴尔扎克和莫泊桑等法国货,大江健三郎有时候也读,并且点评得恰到好处。

不用说,也受女孩子喜欢,不可能不受喜欢。然而,他绝不"见一个爱一个"。他有个地地道道的漂亮恋人,是哪里一所够品位的女子大学的二年级学生,每星期日约会一次。

啧啧!

这就是我所知道的大学时代的Q。似乎有遗漏的地方,但都无关紧要。总之一句话,Q是个无可挑剔的人物。

Q当时住在我宿舍的隔壁。借盐借调味料借来借去之间,我们要好起来,很快就上对方房间一块听唱片或喝啤酒了。我和我的女朋友同他和他的女朋友四人曾一块儿兜风到镰仓。交往十分愉快。大学四年级的夏天我退出宿舍,我们就此分别。

我遇到 Q 已是十年以后了。我在赤坂附近一家宾馆的游泳池边看书，Q 坐在我旁边一把帆布躺椅上。Q 身旁坐一个身穿十足新潮的比基尼泳装的长腿女孩，是 Q 领来的女孩。

我当即认出他是 Q。Q 依然那么潇洒，而且在三十稍过的今天又有了以往所没有的某种类似威严的风采。年轻女孩子走过时都一闪觑他一眼。

他没觉察是我。总的说来，我长相平庸，又戴着太阳镜。我略一迟疑，最终还是决定不打招呼，因我觉得 Q 正和身旁的女孩谈到兴头上，恐怕不宜打扰。何况我和 Q 几乎没什么共同话题，借盐啦借调味料啦这个程度的话撑不了多长时间。所以我继续默默看书。

游泳池非常安静，Q 和领来的女孩的谈话即使不听也会钻进我的耳朵。谈话的内容非常复杂。我不再看书，注意听两人的谈话。

"我不愿意的嘛！不是开玩笑。"长腿女孩说。

"所以么，我非常理解你的意思。"Q 说，"不过，希望你也能理解我的意思。我也并不是因为愿意才那样做的。不是我决定的，是上头定的，我只是把上头定的事转告给你。所以，你不要用那样的眼神看我。"

"哼，天晓得！"女孩说。

Q叹息一声。

两人长长的谈话概括起来——当然相当一些部分是我用想象补充的——是这么回事：Q在电视台或哪里担任导演一类的职务。女孩是小有名气的歌星或演员，而且闹出了什么纠葛或绯闻之类，也可能单单是因为不再走红，结果从电视节目上刷下来了，而转告的任务则落到了作为现场直接负责人的Q头上。对于演艺界的事我不大熟悉，微妙之处把握不准，但梗概我想不至于有错。

据我听来，Q非常忠实地履行了他的职责。

"没有赞助商我们是干不下去的。"Q说，"你也是在这个圈子里吃饭的，这点事还能不明白？"

"那么，你是说你完完全全没责任也没发言权喽？"

"倒也不是完完全全，而是极其有限。"

接下去，两人持续了一会没有出口的谈话。女孩想知道他为了保护自己付出了多大程度的努力。他说"竭尽全力"。但没有证据。女孩不信。我也不怎么信。Q越想坦诚地解释，不坦诚的空气越像雾一样弥漫开来。但那不是Q的责任，谁的责任也不是。于是两人的谈话没有出口。

看上去女孩这以前一直对 Q 很中意。想必此事发生前两人相当要好来着。唯其如此，女孩才会愈发气恼。不过最后女孩还是认了。

"晓得了。"女孩说，"可以了，买可乐来！"

听得此言，Q 如释重负地起身上小卖部去了。女孩戴上太阳镜，一动不动地直视前方。我看了好几遍书上的同一行。

一会儿，Q 两手拿着装有可乐的大号纸杯返回，一个递给女孩，自己在躺椅上坐下。"别想那么多，"Q 说，"不久肯定还会……"

这当儿，女孩把手里的可乐杯朝 Q 脸上砸去。杯子不偏不倚砸在 Q 的脸正中。满满一大杯可口可乐的三分之二泼在 Q 身上，剩下的三分之一泼在我身上。之后女孩一声不响地欠身站起，稍微拉了拉泳衣的屁股部位，扬长而去，头也没回。我和 Q 愣了十五六秒，周围人也惊讶地看着我们。

最先回过神的是 Q，他向我说声对不起，递过毛巾。我说淋浴就行了，没要毛巾。Q 有点尴尬地把毛巾收回，用来擦自己的身体。

"书我来赔!"他说。

书确实湿得一塌糊涂。但一来是廉价口袋本,二来也不是多么有意思的书,巴不得有人泼上可乐不让我看完才好。我这么一说,Q微微一笑,笑脸同往日一样令人惬意。

接着他马上回去了,临行前再次向我道歉。但直到最后他也没想起我来。

*

我之所以把这篇东西的题目叫作"完蛋了的王国",是因为在那天的晚报上偶尔看了一篇关于非洲某个完蛋了的王国的报道。"出色王国的黯然失色,"报道写道,"远比二流共和国崩溃的时候令人悲伤。"

三十二岁的 Day Tripper[1]

我三十二她十八……怎么想怎么烦。

我才三十二她已十八……这样才开心。

我们是颇为不错的朋友,程度既不在此之上,又不在此之下。我有妻,她有六个之多的男友。周末她同六个男友约会,每月只拿出一个星期日同我约会。此外的星期日她在家看电视,看电视时的她如海象一般可爱。

她出生于一九六三年。那年肯尼迪总统惨遭枪击,而我第一次找女孩幽会。流行的歌曲是克里夫·理查德(Cliff Richard)的《热情暑假》(Summer Holiday)吧?

是不是都无所谓。

反正那年她出生了。

居然同那年出生的女孩幽会,那时根本就没想到。现在都觉得有些不可思议,就好像跑去月球背面吐烟圈似的。

年轻女孩都很无聊——这是我们一伙人的统一见解。尽管如此,小子们还是同年轻女孩幽会。莫非他们终于找到不无聊的女孩不成?不,不至于。总之是她们的无聊吸引了他们。他们把满桶无聊的水淋到自家头顶而一滴也不让溅到赴约的女孩身上,小子们便是乐此不疲地玩这种麻烦的游戏。

至少在我看来是如此。

事实上,年轻女孩十个里边甚至九个都是无聊的俗物。不过,她们当然意识不到这一点。她们年轻、漂亮,且充满好奇心,认为无聊什么的根本无缘与自己沾边。

得得!

我并非要指责年轻女孩,也不讨厌她们。相反,我喜欢她们。她们让我想起我是无聊青年时候的事。怎么说呢,这可是非常了不得的事。

"嗳,可想再次回到十八?"她问我。

---

1 意为"当天来回的短途旅客"《Day Tripper》也是披头士乐队 1965 年发行的一首单曲的曲名。

"不，"我回答，"不想回。"

她似乎理解不好我的回答。

"不想回……真的？"

"还能假！"

"为什么？"

"现在这样就蛮好嘛。"

她臂肘拄在桌上托腮沉思，边沉思边用咖啡匙在咖啡杯里"吭啷吭啷"搅拌。"难以置信。"

"最好信。"

"年轻岂不更好？"

"或许。"

"那为什么说现在这样好？"

"一次足矣。"

"我可不足矣。"

"你可是才十八哟。"

"哼。"

我叫住女侍应生要了第二瓶啤酒。外面在下雨，从窗口可以看见横滨港。

"嗳,十八岁的时候想什么来着?"

"想和女孩睡觉。"

"别的呢?"

"没别的。"

她嗤嗤一笑,喝了口咖啡。

"那,可如愿了?"

"有如愿的,也有不如愿的。当然是不如愿的多。"

"和多少个女孩睡过?"

"没数。"

"当真?"

"懒得数。"

"我是男的就一定数。多开心啊!"

有时也觉得再回一次十八并不坏,可要是试想一下返回十八首先干什么事合适,我就一件也想不起来了。

或者同三十二岁有魅力的女性幽会也未可知。那也不赖。

"你可曾想过重返十八?"我问她。

"这个……"她莞尔一笑,作沉吟状,"没想过,大概。"

"真的?"

"嗯。"

"不大明白,"我说,"人们都说年轻是何等美妙。"

"那是,是很美妙。"

"那,为什么不想重回十八?"

"等你上了年纪也会明白的。"

但我依然三十二,一个星期偷懒不跑步,肚囊肉就鼓了出来,情况不容乐观。十八岁则无法返回,理所当然。

早上跑完步,喝一罐蔬菜汁,"骨碌"一下倒在椅子上,放披头士的《Day Tripper》。

"D-a-y Tripper"

每次听这首歌,我都有一种坐在列车席上的感觉。电线杆、火车站、隧道、铁桥、牛、马、烟囱、破烂物……一样接一样向后退去。无论到哪里景致都大同小异,虽然从前倒觉得蛮好看的。

唯独邻座的客人不时在变换。那时我旁边坐的是一个十八岁女孩。我靠窗，她靠通道。

"不换一下座位？"我说。

"谢谢。"她说，"够关心人的。"

不是关心人，我苦笑着想，只是远比你习惯无聊罢了。

数电线杆也数腻了

三十二岁的

Day Tripper。

1981 / 8 / 20

尖角酥盛衰记

漫不经心地看早上的报纸，发现报纸一角登有一则广告："名馃尖角酥新产品征集说明大会"。尖角酥究竟怎么个东西我不大清楚，不过既然说是名馃，那么想必仍是馃子。对于馃子我算是比较挑剔的，加上闲着无事，遂决定姑且去听听那个"说明大会"再说。

"说明大会"在一家宾馆的一个大房间里举行，茶和馃子都摆了上来。馃子当然是尖角酥。我夹起一个尝了尝，味道并不特别令人感动，甜得黏糊糊的，表皮部分过于粗糙。很难认为如今的年轻人会喜欢吃这样的东西。

不过来参加说明会的倒全是和我年龄相仿或者比我更为年轻的男女。我领的编号牌是952，若往下再来百十来个，那么来参加这说明会的便有千人之多。阵容甚为壮观。

我旁边坐着一个二十来岁戴高度近视眼镜的女孩。漂亮虽不漂亮，但看样子性格不错。

"我说，这以前你可吃过这尖角酥？"我试着问。

"那还用说，"女孩说，"老字号嘛！"

"可是味道并不那么……"我刚说到这里，她踢了我一脚。周围的人都贼溜溜地盯着我看。好怪的气氛。我做出小黑熊一般天真无邪的眼神，总算掩饰过去了。

"你这人，好个傻瓜！"稍顷，女孩轻轻耳语道，"来这里说尖角酥的坏话，要给尖角乌鸦逮住的，休想活着回去。"

"尖角乌鸦？"我惊叫道，"尖角乌鸦是……"

"嘘——！"女孩制止道。说明会开始了。

会上，首先由"尖角酥制餜公司"的总经理介绍尖角酥的历史，说其原型出自平安朝某某人之手，《古今和歌集》[1]里也收有关于尖角酥的和歌。真真假假，无从考证，很是滑稽，听得我不由想笑。然而周围人全都一本正经侧耳倾听，加上尖角乌鸦不是好玩

---

1 日本十世纪初的和歌选集，亦称《古今集》。

的，终究我没有笑出来。

总经理的介绍整整持续了一个小时。委实无聊至极。他要表达的无非一句话：尖角酥是有传统的馃子。此一行足矣。

其后专务董事出场，就尖角酥的新产品征集加以说明：以悠久历史为自豪的国民名馃尖角酥也必须注入与各个时代相适应的新鲜血液，以谋求辨证法式的发展云云。说法听起来自然冠冕堂皇，实际上则是想用年轻人的智商去挽回尖角酥因味道陈旧而下降的销量。既然如此，何不开门见山！

临走时讨了一份征集注意事项：一个月后自行带来以尖角酥为基础制作的馃子，酬金二百万日元。若有二百万日元，足可以同恋人结婚搬到新公寓去，于是我决定鼓捣新尖角酥。

前面也已说过，我对馃子颇为挑剔。馅啦奶油啦面粉啦之类，如何处理尽可随心所欲。一个月时间做出新的现代尖角酥全然不在话下。征集期截止那天，我做了两打新尖角酥拿去尖角酥登记处。

"味道好像不错嘛！"管登记的女孩说。

"不错的哟！"我说。

＊

又过了一个月，尖角酥制馃公司来电话请我明天去一趟。我扎好领带，来到制馃公司，在接待室同专务理事晤谈一番。

"你应征的新尖角酥在公司内深受好评。"专务说，"尤其，啊——，在年轻人中评价极高。"

"谢谢！"我应道。

"但另一方面，唔——，年纪大的人当中又有人说这不成其为尖角酥。就是说，处于甲论乙驳的状态。"

"噢。"我完全捉摸不透他到底想说什么。

"在这种情况下召开了董事会议，一致决定倾听尖角乌鸦们的高见。"

"尖角乌鸦！"我说，"尖角乌鸦是怎么一码事？"

专务一脸莫名其妙地看着我说："你连尖角乌鸦都不知晓就应征了？"

"对不起。不谙世事。"

"不好办喽！"专务摇头，"竟然连尖角乌鸦都不知晓，这……

不过,也罢。请随我来。"

我跟在他后头走出房间,穿过走廊,乘电梯上到六楼,之后又穿过走廊。走廊尽头有一扇大铁门,一按铃,走出一位虎背熊腰的保安,确认来人是专务后才打开铁门。端的戒备森严。

"这里边住着尖角乌鸦,"专务说,"尖角乌鸦是自古以来专门吃尖角酥的特殊种族乌鸦……"

往下无须他介绍了。屋子里足有一百多只乌鸦。高五六米的仓库般空旷的屋子里横着好几条木杆,尖角乌鸦们齐刷刷地蹲在上面。尖角乌鸦比普通乌鸦大得多,大的身长足有一米,小的也有六十厘米。仔细看去,它们没有眼睛,该有眼睛的位置紧贴着一堆白色脂肪,而且身体肿胀得简直像要裂开似的。

听到我们进屋的动静,尖角乌鸦们一边"啪哒啪哒"扇动翅膀,一边齐声叫着什么。一开始听起来只是轰隆声,稍后习惯了,才听出似乎是在一齐叫道"尖角酥、尖角酥"。一看就让人起鸡皮疙瘩。

专务从手中盒子里取出尖角酥往地上一撒,上百只尖角乌鸦一齐扑了上去,并且为了抢尖角酥而互相踩爪子、啄眼睛。罢了罢了，难怪眼睛瞎了。

接下去，专务从与刚才不同的盒子里抓出类似尖角酥的馃子"哗啦哗啦"撒在地上："请注意了，这是在尖角酥征集活动中落选的馃子。"

乌鸦们像刚才一样把馃子围住，但明白不是尖角酥后又即刻吐出，异口同声地怒吼：

尖角酥！

尖角酥！

尖角酥！

叫声直冲天花板，震得耳朵直痛。

"喏，它们只吃真正的尖角酥，"专务得意地说，"假的一口不动。"

尖角酥！

尖角酥！

尖角酥！

"好了，这回把您做的新尖角酥撒撒看。吃就入选，不吃就淘汰。"

不会有问题吧？我不安起来，无端地有一股凶多吉少的预感。问题是让这些昏头昏脑的家伙决定取舍本身就不得当。然而专务全然不理会我的顾虑，兴致勃勃地将我应征做的"新尖角酥"撒在地上。乌鸦们重新一拥而上，混乱随之出现了。有的大吃特吃，有的吐出来怒吼**尖角酥**！没抢到的气急败坏地用尖嘴猛啄抢到者的咽喉。血沫四溅。一只乌鸦扑到哪个吐出的馃子上，被大叫**尖角酥**的大个儿乌鸦逮住撕裂了肚皮。一场乱斗开始了。以血还血，以怨报怨。无非几只馃子罢了，但对乌鸦来说竟成了一切。是尖角酥还是非尖角酥，竟如此生死攸关。

"喏，请看，"我对专务说，"由于撒得太急了，以致刺激性过强。"

之后，我走出屋子，乘电梯下来，离开尖角酥制馃公司大楼。二百万日元奖金没拿到固然可惜，但以后人生长着呢，犯不上同那副德性的乌鸦们打交道。

我只做自己想吃的东西，自己受用。什么乌鸦之类，让它们相互争斗着死去好了。

我的呈芝士蛋糕形状的贫穷

我们都管那个地方叫"三角地带"。此外我琢磨不出如何称呼是好。因为那的的确确是个三角形,画上画的一般。我和她就住在那个地方,一九七三年或七四年的事了。

虽说是"三角地带",可你不要想成是所谓的 delta[1] 形状。我们住的"三角地带"细细长长,状如**楔子**。若说得再具体点,请你首先想象出一个正常尺寸的圆圆的芝士蛋糕,再用厨刀将它均匀地切成十二份,也就是切成有十二道格的钟表盘那个样子。其结果,当然出现十二块尖角为三十度的蛋糕。将其中一块放在盘里,边啜红茶什么的边细细地看。那顶端尖尖的、细细长长的蛋糕片就是我们"三角地带"的准确形状。

怎么会形成如此形状不自然的地带呢——你也许会问,也许不问，都无所谓。问不问反正我都不清楚。问本地人也问不出个究竟，他们知道的不外乎很早很早以前是三角形，现在是三角形，将来定然也是三角形。总的说来，本地人好像不大愿意谈也不大愿意想"三角地带"。何以"三角地带"被如此——像耳后疣一样——漠然置之，缘由不得而知，大概是因为形状怪异吧。"三角地带"两侧有两条铁路通过，一条是国营线，一条是私营线。两条铁路齐头并进了一阵子，以楔尖为分歧点，简直就像被撕裂开来一般以不自然的角度各奔南北，景观十分了得。每次目睹电气列车在"三角地带"的尖端南来北往，我就恍惚觉得自己是站在驱逐舰舰桥之上，而那驱逐舰正在海上破浪前进。

但是，从居住舒适度和居住功能来看，"三角地带"实在是一塌糊涂。首先噪音厉害。也难怪，毕竟两条铁路左右相夹，不可能不吵。一开前门，眼前一列电车呼啸而过；一开后窗，眼前又一列电车咆哮而至。用**眼前**这种说法决不夸张，实际上两列电车也近得乘客可以对视致意，如今想起来都觉得叹为观止。

1　希腊语。三角洲，三角形的。

你或许要说末班车过去后总该安静了吧。通常都那么想，搬来之前其实我也那么想来着。然而压根儿就不存在什么末班车。旅客列车凌晨一时全部运行结束后，深夜班次的货物列车接踵而至；天明时分货车大体告一段落，翌日的客车又杀上门来。如此日复一日无尽无休。

呜呼！

我们所以特意选住这里，第一第二都是因为房租便宜。独门独院三个房间，有浴室，甚至有个小花园，而房租仅相当于公寓里一个六张榻榻米大小的房间。既是独门独院，那么猫也能养。简直就像专为我们准备的房子。我们刚刚结婚，非我自吹，穷得上吉尼斯纪录都绰绰有余。我们是在站前不动产中介店贴的广告纸上发现这房子的。仅就条件和租金和房子结构来看，堪称奇迹性发掘。

"便宜得很哟！"秃脑瓜子中介说，"啊，吵倒是相当吵的，不过只消忍耐一下，未尝不可说是拾来的大元宝。"

"反正先看看好么？"我问。

"好好。不过，你们自己去可好？我嘛，一去那里就头疼。"

他借给钥匙，画出去那座房子的路线图。好个爽快的中介。

| 遇到百分之百的女孩 |

从火车站看去,"三角地带"似乎近在眼前,但实际走起来,到那里花的时间相当惊人。在铁道上"咕噜"绕一圈,过天桥,沿脏兮兮的坡路上上下下,好歹从后面兜到了"三角地带"。周围商店之类形影皆无,寒伧得近乎完美。

我和她走进"三角地带"尖头的一座孤零零的房子,在里面逗留了一个小时。这时间里有相当之多的电车从房子两侧通过。特快通过时,窗玻璃"咔咔"作响。过车时间里听不到对方说话。正说着有车开来,我们便闭嘴等车过完。静下来刚开始说话,又一列电车尾随而至。那情形,不知该称为 communication[1] 的中断还是分裂,总之是十分让-吕克·戈达尔[2]式的。

不过除去噪音,房子格调本身相当可以。式样古色古香,整体上没有硬伤,壁龛和檐廊也有,很够味道。从窗口泻进的春日阳光在榻榻米上做出小小的方形光照,很像我小时候住过的房子。

"租吧。"我说,"的确很吵,不过我想总可以习惯的。"

"你这么说,就这样吧。"她应道。

---

1 communication,(思想)交流。通讯。传播。
2 Jean-Luc Godard (1930—),法国新浪潮电影导演。

"在这里这么待着不动，觉得就像自己结婚成家了似的。"

"实际上不也结婚了？"

"那是，那倒是。"我说。

我们折回不动产中介店，说想租。

"不吵？"秃脑瓜子中介询问。

"吵当然吵，可总能习惯。"我说。

中介摘下眼镜，用纱布擦拭镜片，啜一口茶杯里的茶，重新戴回，看我的脸。

"噢，年轻嘛，到底。"他说。

"嗯。"我应道。

接着我们签了租约。

搬家用朋友一辆轻型厢式货车足矣。被褥和衣服和餐具和台灯和几册书和一只猫——这便是我们的全部家当。既无组合音响又无电视机，洗衣机没有电冰箱没有餐桌没有煤气灶没有电话没有电热水瓶没有吸尘器没有电烤箱没有，一无所有。我们就是穷到这个地步。所以，虽说是搬家，三十分钟都没花上。没钱也好，人生简洁至极。

帮忙搬家的朋友看到我们夹在两条铁路之间的新居,显得相当惊愕。搬完家他想朝我们说什么,碰巧特快驶过,什么也没听见。

"你说什么来着?"

"这样的地方真的也能住人!"他一副敬佩的神情。

最终,我们在那房子里住了两年。

房子建得极其马虎,到处有空隙来风。夏天自是开心惬意,冬天就成了地狱。买取暖炉的钱都没有,天一黑,我就和她和猫钻进被窝,那才叫不折不扣的相拥而眠。早上起来看到厨房水槽已经结冰的事也屡见不鲜。

冬去春来。春天美妙无比。春天一到,我也好她也好猫也好无不如释重负。四月间铁路有几天罢工。一有罢工,我们真是欢欣鼓舞。一整天一列车都没有。我和她抱着猫到路轨上晒太阳。安静得简直像坐在湖底。我们年轻,新婚不久,阳光**免费**。

至今每次听到"贫穷"二字,我都会想起那块三角形的细长土地。那房子现在到底住着什么人呢?

意大利面条年

一九七一年是意大利面条年。

一九七一年,我为活着而持续煮意大利面条,为煮意大利面条而持续活着。铝锅里腾起的蒸气正是我的自豪,汤锅中"咕嘟咕嘟"响的番茄酱汁恰是我的希望。

我弄到一个足可给德国牧羊犬冲澡那么大的铝锅,买了烹饪定时钟,在以外国人为对象的超市里转一圈买齐了名称奇异的调味料,在外文书店找到意面专业书,买了一打番茄。

大蒜、元葱、色拉油等等的气味化为细小的粒子在空中四下飞溅,又浑融一体地被六张榻榻米大的房间统统吸了进去。颇有点像古罗马下水道的气味。

以下是公元一九七一年——意面年发生的事。

*

意面基本上是我一个人煮一个人吃。因为什么事而偶尔同别人一起吃的时候也不是没有，但一个人吃要欢喜得多。我觉得意面该是一个人吃的东西，原因倒不晓得。

意面经常附带红茶和色拉——装在壶里的三杯分量的红茶、仅仅拌有莴苣和黄瓜的色拉。把它们齐整整地摆上餐桌，一边斜眼觑着报纸一边慢慢花时间独自进食。从星期日到星期六，意面一天接着一天。一轮结束，便从新的星期日开始吃新的意面。

一个人吃起意面来，感觉上就像有人即将敲门进入房间似的。下雨的午后尤其如此。

要来我房间的人每次都不一样。一次是陌生人，一次是有印象的人，一次是高中时代仅约会过一次的腿细得出奇的女孩，一次是几年前的我本人，一次是领着珍妮弗·琼斯（Jennifer Jones）来的威廉·霍尔登（William Holden）。

威廉·霍尔登？

但他们没有一个进过我房间。他们只是犹犹豫豫地在房间前面踱来踱去，最后门也没敲就离去了。

外面细雨霏霏。

春而夏，夏而秋，我煮意面煮个不止，简直就像对什么的一种复仇行为。我如同一个将背叛自己的恋人往日寄来的成捆情书一股脑儿投入火炉的孤独女子，一个劲儿地煮着意面。

我在碗中把备受欺侮的时光阴影捏弄成德国牧羊犬形状，投进滚开的汤中，撒上盐末。然后手执长筷站在铝锅前一步不离，直到烹饪定时钟"咚"一声发出悲鸣。

意面们老奸巨猾，不容我把眼睛从它们身上移开。看上去它们马上就要从锅边溜出，趁着夜色逃跑。夜色也在屏息敛气地接应它们，一如热带雨林将原色蝴蝶吞入万劫不复的时空。

肉酱意面

罗勒意面

Pesci[1] 意面

1　意大利语，鱼。

牛舌意面

蛤蜊茄汁意面

培根蛋酱意面

蒜香意面

以及将电冰箱里的多余物胡乱放进去的连名都没有的悲剧性意面们。

意面们在蒸汽中降生,如河水一样顺着一九七一年的时光坡面淌下,消失不见了。

我哀悼它们。

一九七一年的意面们。

*

三时二十分电话铃响时,我正倒在榻榻米上目不转睛地望天花板。冬天的阳光只洒在我歪倒的地方,我一如死掉的苍蝇在十二月的阳光中怔怔地躺了好几个小时。

起初没听出是电话铃声,声音仿佛畏畏缩缩地从空气断层中钻下来的没有印象的记忆残片。反复响了几次,这才开始勉强带有作为电话铃声应有的形体,最后变成百分之百的电话铃声。百分之百的电话铃声震颤着百分之百的现实性空气。我依然躺着,伸手拿起听筒。

电话的另一头是个女孩,一个印象甚是淡薄、似乎即将在午后四点半杳然消失的女孩。她是我一个熟人的旧日恋人,也不是很熟,在哪里碰见打声招呼那个程度罢了。看上去地道而实则奇妙的理由使两人几年前成为一对恋人,同样的理由又在几个月前将两人撕开。

"能告诉我他在哪里?"她问。

我看着听筒,眼睛追电话线追了好一会儿。电话线好端端地连接着。

"干嘛问我?"

"谁也不告诉我么。"她以冷冷的声音说道,"在哪里呢?"

"不知道。"我说。说是说了,但声音全然不像是自己的。

她缄默不语。

听筒如冰柱一般变冷。

随后,我身边的一切都变成了冰柱。俨然 J·G·巴拉德(James Graham Ballard)科幻小说里的场景。

"真不知道,"我说,"一声不响地不翼而飞了。"

她在电话另一头笑了起来。

"他那人可没那么乖巧,除了大吵大闹没别的本事。"

的确如她所说,他不是那么乖巧之人。

然而我又不能把他的栖身处讲出来。假如知道是我讲的,下回打来电话的势必是他。鸡毛蒜皮的无聊争吵我算领教够了,我已经在后院挖了个深坑,一股脑儿埋了进去,不能再让任何人重掘出来。

"抱歉。"我说。

"我说,你是讨厌我吧?"她突然一句。

我不知如何回答。其实对她的印象都无从谈起。

"抱歉,"我重复道,"正煮意面呢。"

"嗯?"

"正煮意面呢。"

我往锅里放进空想的水,用空想的火柴点燃空想的火。

"你是说?"

我往沸腾的汤里滑进一束空想的意面,撒上空想的盐末,把空想的定时钟定为十五分钟。

"现在腾不出手,意面要纠缠在一起的。"

她默然。

"意面这东西微妙得很。"

听筒在我手中再次开始在零度以下的坡道上下滑。

"所以,过一会儿重新打来好么?"我慌忙补充一句。

"就为正煮意面的缘故?"她说。

"嗯,正是。"

"一个人吃?"

"是的。"

她叹了口气:"不过,我真的一筹莫展啊!"

"帮不上忙,对不起。"

"还有钱的问题。"

"唔。"

"想让他还的。"

"抱歉。"

"又是意面不是?"

"嗯。"

她有气无力地笑笑,"再见!"

我也回了声"再见"。

电话挂断。

榻榻米上的光照移动了几厘米。我重新倒在光照中望天花板。

*

一束没有煮便永远结束了的意面,想起来令人伤感。

也许我应该毫无保留地告诉她才是,现在我有些后悔。反正对方人也不怎么样,摆出画家的架势画几笔蹩脚的抽象画,光是能说会道,肚子里空无一物。何况她是真想让他还钱的。

她怎么样了呢?

被午后四时半的日影吞噬了不成?

高筋面粉。

生长于意大利平原的金黄色小麦。

假如知道一九七一年自己出口的东西是"孤独",意大利人势必大吃一惊。

鹧鸪

　　下罢混凝土浇铸的狭窄楼梯，接着是一条长走廊笔直地伸向前去。也许是天花板极高的关系，走廊看上去活像干涸的排水沟。安装得到处都是的荧光灯管黑乎乎的落满了灰尘，那灯光如挤过密眼的网一般很不均匀，何况三支中便有一支已寿终正寝。看自己的手心都好一番辛苦。四周阒无声息，唯独运动鞋胶底踩在混凝土上那平板得出奇的声音在幽暗的走廊里回响。

　　二百米或三百米，不，没准走了一公里。我不思不想地只顾行走不止。既无距离亦无时间，不久甚至往前走的感觉都将荡然无存。但不管怎样，反正现在是在前行。我突然站在 T 字路口。

　　T 字路口？

　　我从上衣袋里抽出早已皱巴巴的明信片，慢慢地重看一遍。

"请沿走廊直行。尽头处有门。"明信片上写道。我细细打量尽头处的墙壁,墙上根本没门,形影皆无。既没有曾经有门的痕迹,又没有将来可能安门的希望。只是一堵利利索索的墙壁,除了混凝土墙本来具有的特质,别无任何东西可看。形而上学的门也好,象征性的门也好,比喻性的门也好,统统没有。

啧啧!

我背靠混凝土墙吸了一支烟。问题是,下一步怎么办呢?继续前行?还是就这样折回?

话虽这么说,其实我也并不是真的犹豫不决。说实话,除了前行我无路可走。贫穷的生活早已让我忍无可忍。分期付款也好前妻的离婚补偿也好狭小的宿舍也好浴室蟑螂也好高峰时间的地铁也好——没有一样不让我心灰意冷。而这是我好容易找到的美差,差事轻松,工资高得令人半天合不拢嘴,一年两次奖金,夏季有带薪长假,不可能因为一扇门一个拐角就善罢甘休。

我用鞋底踩死烟头,然后把一枚硬币抛高,用手背接住——正面!于是我往右侧走廊走去。

走廊两次右拐,一次左拐,下了十阶楼梯,再右拐。空气如咖啡果冻一样**凉瓦瓦**的。我边走边想钱,想装有空调的舒舒服服的办公室,想如花似玉的女孩子。只要能赶到一扇门前,一切都唾手可得。

不久,前方有门现出。离远看去,仿佛一枚旧邮票。随着距离的拉近,开始渐渐带有门的轮廓,最后成了一扇门。

门!何等清脆悦耳的发音。

我清了下嗓子,轻轻敲门,后退一步等待回音。等了十五秒仍无动静。我又敲了一次——这回敲得稍重——又后退一步。没有反应。

周围的空气开始一点点凝固。

在不安的驱使下我刚想迈步敲第三次,门悄然开了。开得极其自然,就像被哪里吹进的风推开似的。当然,门是不会极其自然地打开的。一按电灯开关,听得"咔嗤"一声,随即一个男子出现在我面前。

男子二十五六岁的样子,身高比我矮五厘米。刚洗完的头发滴着水滴,没穿内衣的身体包在褐色睡衣里面。脚白得近乎不自然,而且很细。鞋的号码在22号左右。脸形如习字本一样平平整整,但嘴角浮出讨人喜欢的微笑。

"对不起，洗澡来着。"

"洗澡？"我条件反射地看了眼表。

"是规定。午饭后必须洗澡。"

"原来如此。"

"有事吗？"

我从上衣袋里掏出那张明信片，递给男子。男子用指尖夹起明信片以免弄湿，反复看了几遍。

"像是迟到了五六分钟。"我解释道。

"呃呃，"他点头把明信片还给我，"是要在这里当差喽？"

"是的。"我说。

"我什么也没听说，反正转告上头的人好了。"

"谢谢。"

"对了，口令？"

"口令？"

"口令一点儿也没听说过？"

我愕然摇头："没有……"

"这就麻烦了。上头的人一再强调没有口令谁也不许接待。"

我再次抽出明信片,上面还是没有关于口令的字样。

"肯定是忘写了。"我说,"反正跟上头的人说一声好么?"

"所以需要口令。"说着,他摸口袋找烟,不巧睡衣没口袋。我把自己的烟递出一支,用打火机为他点燃。

"不好意思……那,就想不起那个什么……类似口令的东西?"

开玩笑!哪里想得起什么口令。我摇摇头。

"我也是不愿意这么啰啰嗦嗦的,可上头的人自有上头的人的考虑,明白吧?"

"明白。"

"我之前那个干这个活计的家伙,就是因为给一个忘记口令的来客传话而被解雇的。如今好工作不多的。"

我点点头:"我说怎么样,不能多少给点暗示?"

男子依然靠墙不动,朝上吐出一个烟圈。"那是明令禁止的。"

"一点点就行。"

"可哪里藏有麦克风也不一定。"

"会不会呢?"

男子踌躇了一会,贴住我耳朵悄声道:"跟你说,词儿非常简单,跟水有关,能放进手心,但不能吃。"

这回轮到我深思了。

"第一个字?"

"か[1]。"

"贝壳。"我说。

"不对。"他说,"还有两次。"

"两次?"

"再错两次就玩完了。我也过意不去,可这还是冒险犯规呢。"

"领情的。"我说,"要是再给点暗示可就谢天谢地了。比如写什么汉字啦……"

"你这岂不是叫我全告诉你么!"

"哪里。"我装起糊涂来,"光告诉我几个字就行。"

"五个。"他无可奈何地说,"老头子说得对。"

---

1 鹦鹉的日语第一个字母为"か",下面的"贝壳"亦然。

| 鸊鷉 |

"老头子?"

"我们老头子常说:给人擦完皮鞋,接下去就要给他系鞋带。"

"言之有理。"

"总之五个字。"

"和水有关,能放进手心,但不能吃。"

"对。"

"鸊鷉[1]。"

"鸊鷉能吃的哟。"

"真的?"

"大概,好吃倒未必好吃。"他显得信心不足,"而且手心里放不进去。"

"见过?"

"没有。"

"鸊鷉。"我一口咬死,"手心里的鸊鷉非常不好吃,狗都不吃。"

---

[1] "鸊鷉"在日语中是"かいつぶり",由五个假名构成。

"且慢！"他说，"问题首先是口令并非鹈鹕。"

"可它和水有关，能放进手心，但不能吃，况且又是五个字。"

"你的推论不对。"

"哪里不对？"

"口令不是鹈鹕嘛！"

"那是什么？"

他一时语塞。"那不能讲。"

"因为不存在么！"我以最大限度的冷淡语气咬住不放，"除了鹈鹕，没有和水有关能放进手心但不能吃又是五个字的，一个也没有。"

"有的嘛！"他带着哭腔说。

"没有。"

"有。"

"没有有的证据。"我说，"再说鹈鹕满足了所有条件，不是么？"

"可是……喜欢手心鹈鹕的狗哪里有一只也说不定。"

"哪里有？什么样的狗？"

"哦——"他说不出。

"关于狗我可是无所不知，根本就没见过喜欢手心**鹧鹕**的狗。"

"就那么难吃？"

"难吃得可怕。"

"你吃过？"

"没有，何苦非吃那么难吃的东西呢！"

"那倒也是。"

"反正跟上头的人说一声好么？"我说得斩钉截铁，"**鹧鹕**！"

"拿你没办法啊。"他说，"就先说一声试试吧，倒是觉得希望不大。"

"谢谢。感恩不忘的。"

"不过手心**鹧鹕**真有不成？"

"有的。"

手心**鹧鹕**用天鹅绒布擦一下镜片，叹息一声。右下的槽牙一剜一剜地痛。想到要找牙医，他顿时没了情绪。牙医、所得税的最后申报、小汽车的分期付款、空调机的故障……他把头放在已经皮包骨头的扶手椅靠背，对死的问题思来想去。死如海底一般沉寂。

手心鹈鹕在此安眠。

这时对讲机铃声响起。

"什么？"手心鹈鹕朝对讲机吼道。

"客人来了。"

手心鹈鹕觑了眼手表："迟到十五分钟。"

南湾行[1]
——为杜比兄弟[2]《南湾行》所作的背景音乐

同南加利福尼亚大多数地方一样，南湾（South Bay）几乎不下雨。当然并非完全不下，但下得远不至于使雨这一现象作为伴随基本反应的观念渗入人们的意识中。就是说，就算波士顿或匹兹堡有人来说"简直像下雨一样叫人心烦"，南湾人也要比一般人多花半轮呼吸的时间才能琢磨出其中的意味。

虽说是南加利福尼亚，但南湾一无冲浪区二无高速汽车跑道，电影明星的豪宅也没有，唯独基本上不下雨。在这座城市，地痞无赖的数量比雨衣多得多，注射器的数目远远大于雨伞。在海湾口附近钓虾以勉强维持生计的渔夫即便钓上胸口连中三发四五口径弹头的尸体也不算什么稀罕事。纵使乘坐"劳斯莱斯"的黑人戴着钻石耳环并把银烟盒砸在年轻白人女子身上，那也并非什么稀有场景。

总之，南湾市不是年轻人永远年轻、其眸子永远蓝如海水的那种南加利福尼亚。何况南湾市的海并不蓝，海上黑乎乎地漂浮着重油，由于船员扔弃的烟头的关系，有时甚至可以见到不合时令的海上篝火。在这座城市说得上永远年轻的唯有死去的青年男女。

当然我不是为了游山玩水才来南湾市的，也不是为了寻求道德规范。若是那样，较之南湾市，去奥克兰市立动物园要强似百倍。我来南湾市是为了寻找一名年轻女子。我的委托人是住在洛杉矶郊区的一位中年律师，年轻女子曾在他那里做秘书。一天，她突然连同数页文件一起失踪了，其中包括一封极其私人性质的信。这也是常有的事。过了一个星期，那封信的复印件和一封索款信——款额很难说有多客气——寄了过来，信的邮戳是南湾市。律师觉得那个程度的钱付给也未尝不可，世界不至于因五万美元而颠倒过来。问题是，就算信的原件已经返回，几打之多的复印件也难保不留在威

---
1 英语原文为 South Bay Strut。
2 The Doobie Brothers，二十世纪八十年代美国一支有名的流行乐队。

胁者的手上。屡见不鲜的事例。于是雇了私人侦探，经费一天一百二十美元，事成后酬金两千美元。便宜买卖。南加利福尼亚没有用钱买不来的东西，用钱买不来的东西谁也不想要。

我手拿女子照片把南湾一带的酒吧和夜总会兜了个遍。在这座城市，若想尽快找到谁，这是最好的办法。这好比一只手拎着牛排在鲨鱼群里穿行，肯定会有谁扑上身来。其反应既可能是机枪子弹，又可能是有价值的情报，但无论哪种，有反应是确切无疑的，而我的用意即在这里。我转了三天，把我下榻的旅馆名称讲给数百人之后，便闷在房间里一罐接一罐喝罐装啤酒，一边擦拭四五口径手枪一边等待反应的出现。

等待什么是相当难受的活计。即使凭职业直觉知道必定有人前来，也还是不好受。在房间里持续等上两三天，神经就开始一点点错位了，觉得与其在这种地方静等，莫如出门满世界鼓捣进展得快。而这样一来，加利福尼亚州的私人侦探的平均寿命势必下降。

反正我在等。我三十六岁，死还太早，至少不愿在南湾市尿骚屎臭的小巷里死去。在南湾市，双轮手推车比尸体更受礼遇。想特意死在这个城市的人并不很多。

反应在第三天下午出现了。我用胶带把四五口径手枪粘在茶几板的反面,手拿左轮手枪把门拉开两英寸。

"两手贴在门上!"我说。说过好几次了,我不愿意早死。即使再不值钱,我对于我来说也是无可替代的生灵。

"OK,别开枪。"女子的语声。

我慢慢打开门,放进女子,又把门锁上。

女子长得一如照片,不,比照片上还要神采飞扬。绝对纯正的金发、导弹般的乳房,难怪中年男人乖乖就擒。她身穿紧贴肢体的连衣裙,脚上一双鞋跟高达六英寸的高跟鞋,手拿漆皮手袋,在床角坐下了。

"只有波本(Bourbon),喝么?"

"恕不客气。"

我用手帕擦罢玻璃杯,倒了三指高的老乌鸦(Old Crow)递过去。她先舔了一口,继而果断地喝去一半。

"美好友谊的开始?"

"但愿是。"我说,"先从信谈起吧。"

"好的。信?够浪漫的。"女子说,"不过到底是什么信?"

"你偷来敲诈某人的信。想不起来?"

"想不起来。我压根儿就没偷过什么信嘛。"

"那么,在罗斯的律师那里当秘书的事也没有喽?"

"还用说!我以为只要来这里跟你成其好事就能拿到一百美元……"

黑乎乎的块状物涌上我的喉管。我把女子推倒在地,从茶几下拔出四五口径手枪,趴在床后。与此同时,机枪子弹发出吉恩·克鲁帕(Gene Krupa)的鼓点般的声音飞进房间。子弹打坏门扇,击碎玻璃,撕裂墙纸,花瓶炸裂四溅,席梦思成了棉花糖——汤普森机枪式的世界就这样建立起来了。

然而,机枪这东西效果不如其喧嚣声那般厉害,用来制作肉末固然合适,但并非百发百中的杀人武器,同饶舌的女专栏专家是一回事。总之属于经济效益问题。听清楚弹仓告罄那"咔嚓"一声之后,我站起身来,以令人惊叹的快速连扣四次扳机。两发有命中感,两发落空。五成命中率,可以打到道奇队(Dodgers)[1]第四,但当加利福尼亚州的私人侦探则不胜任。

---

[1] 洛杉矶道奇队,隶属于美国职业棒球大联盟的球队。

"好生了得嘛，侦探大人。"有人隔门说道，"不过也就这两下子了。"

"我算明白过来了。威胁云云根本不存在，信也是无中生有。不过想在詹姆森（Jameson）事件上封我的口罢了！"

"说得对，侦探，运气不错！你一开口很多人都要倒霉。所以你要在南湾市一家廉价旅馆里同妓女一起死掉，这样名声肯定不好。"

剧情十分精彩，可惜对白过长。我对着门把剩下的三发四五口径打出。只一发有命中感。百分之三十三点三的命中率。是鸣金收兵的时候了。有谁会送上十五美元一个的花环亦未可知。

继而，铅弹的阵雨袭来。但这回持续时间不长。两声枪响如吉恩·克鲁帕和巴迪·里奇（Buddy Rich）的鼓手对决一样重合一起，十秒钟后全部止息。时候一到，警察的活计还是干脆利落的，只是时候到之前花时间。

"以为你们不来了呢！"我吼道。

"要来的。"欧班宁（O'Banion）警官慢吞吞地说道，"不过想让你说两句罢了。你干得真是不赖！"

"对方是什么人?"

"南湾市的几个无赖。至于受谁的指使,我会撬开他们的嘴的。罗斯的律师也得抓起来。相信我好了!"

"啧啧,蛮认真的嘛!"

"南湾市差不多也该到整顿的时候了。你的证词完全可以使市长的交椅东摇西晃。或许不合你的口味——世上不被收买的警官也还是有的。"

"是吗?"我说,"对了,我这次事件一开始你就知道是圈套吧?"

"知道。你呢?"

"我不怀疑委托人。这点和警察不同。"

他得意地笑了笑走出房间。警察的笑法总是一个模式,唯独有希望拿到养老金的人才会采取如此笑法。他离去了,我和女子和数百发铅弹剩了下来。

南湾市几乎不下雨。在那里,双轮手推车比尸体更受礼遇。

图书馆奇谈

1

图书馆非常**静**。书把所有声音都吸了进去。

那么,被书吸进的声音究竟怎么样了呢?当然怎么样也不能怎么样。总之声音并非消失,无非空气的震颤被吸进去罢了。

那么,被书吸进的空气震颤究竟怎么样了呢?怎么样也不能怎么样。无非震颤消失罢了。反正震颤迟早会消失。因为,这个世界不存在永久运动。永久运动永远不存在。

纵使时间也并非永久运动。没有下一星期的这一星期会有的。没有上一星期的这一星期曾经有过。

那么,没有这一星期的下一星期……

适可而止吧。

反正我在图书馆里。图书馆非常**静**。

图书馆**静**得过分。我因为脚穿刚买的拉夫·劳伦马球（Polo Ralph Lauren）皮鞋，所以在灰色亚麻地板上"咯噔咯噔"发出了**硬邦邦干巴巴**的声响。似乎不是自己的鞋声。穿上新皮鞋，要花相当一段时间才能熟悉自己的足音。

借阅柜台那里坐着一位不曾见过的中年女性，正在看书。书厚得不得了，右侧印外文，左侧印日文。似乎不是同样的文章，左右段落和换行截然不同，插图也不一致。左页插图是太阳系行星轨道图，右侧的是潜水艇阀门样的金属部件。根本看不出是关于什么的书。然而她一边频频点头一边让目光划过书页。从眼睛的动作看，似乎左眼看左页，右眼看右页。

"对不起。"我招呼道。

她把书推去一边，抬头看我。

"还书来了。"说着，我把两本书放在台面上，一本是《潜水艇建造史》，另一本是《一个养羊人的回忆》。《一个养羊人的回忆》是十分令人愉快的书。

她翻开封底页，查看期限。当然在期限以内。我绝对遵守日期和时间，家教如此。养羊人也是这样。若不守时，羊们势必乱作一团，无法收拾。

她以熟练的手势查阅了一排借书卡，抽出两张还给我，之后又看自己的书。

"想找书。"我说。

"下楼梯往右，107室。"她言辞简洁。

下楼梯往右一拐，确有一扇门为107。地下室暗幽幽的，很深很深。开门后肯定觉得直接到了巴西。这图书馆我来过不下百次，第一回听说有什么地下室。

也罢。

我敲门。以为敲得很轻，却震得合页摇摇欲坠。这门也真是马虎得可以。我把合页弄回原位，悄然开门。

房间里有一张不大的旧桌子，桌后坐一个满脸小雀斑的老人。老人秃头，戴一副高度近视眼镜，秃法总好像有点拖泥带水。蜷蜷曲曲的白发紧紧贴着头皮，仿佛失过一场山火。索性全部斩草除根反倒好，我想。但那当然是别人的问题。

"欢迎！"老人说，"有何贵干？"

"找书。"我说，"不过若您正忙着，下次再……"

"不不不，忙什么忙。"老人说，"又是我的工作，什么书尽管找好了。那，您要找什么书呢？"

"想了解奥斯曼土耳其帝国的税收政策……"

老人眼睛锐利地一闪，"是这样，是关于奥斯曼土耳其帝国税收政策的……"

我心里非常不舒服。也不是非要了解奥斯曼土耳其帝国的税收政策不可。我在地铁中突然想道，奥斯曼土耳其帝国的税收政策是怎么个东西呢？如此而已。其实即便主题是杉树花粉病治疗法也未尝不可。

"奥斯曼土耳其帝国的税收政策。"老人重复道。

"倒也无所谓的。"我说，"不那么急用，又是相当专业性的，我去国会图书馆看看。"

"开哪家子玩笑！"老人似乎发起火来了，"这里有好几本书是关于奥斯曼土耳其帝国税收政策的。稍等片刻。"

"好的。"

老人打开房间尽头一扇铁门,消失在另一房间。我站在那里等老人等了十五六分钟。中间有几次想逃走,但想到这无论如何对老人都不礼貌,只好作罢。小小的黑虫在电灯罩上爬来爬去。

老人抱着三本厚墩墩的书返回。书看上去极端陈旧,装订松松垮垮的。满房间都是旧纸味儿。

"喏,"老人道,"《奥斯曼土耳其帝国税收史》《奥斯曼土耳其税收官日记》《奥斯曼土耳其帝国抗税运动及其镇压》——全着呢!"

"非常感谢!"说罢,我拿起三本书往门口走去。

"慢着慢着!这三本书都禁止外借。"老人说。

果然,书脊上贴有"禁止带出"字样的红色标签。

"若是想看,可以在里面房间看。"

"可是,"我觑了眼表:五点二十。"图书馆也到了闭馆时间,再说晚饭前不回去母亲要担心的。"

"闭馆时间不成问题,我说行就行。还是说不领我的情?我是为了什么找这三本书的?嗯?为了运动身体?"

"对不起对不起。"我表示歉意,"绝没什么恶意,只是不晓得不准带出。"

老人深咳一声，把痰吐在卫生纸上，又端详了一阵子，这才投进地板上当垃圾篓使用的纸壳箱里。脸上的**雀斑**一颤一颤地抖动。

"问题不在于晓得不晓得！"老人不屑地吐出一句，"我像你这么大的时候，看书看得那才叫不要命呢。"

"那，看三十分钟。"我有气无力地说。我不善于拒绝什么。"时间再长不成的。母亲那人特爱担心。自从小时候给狗咬了以后，我只要晚点儿回去她就发疯。下星期天再来继续。"

老人的脸色多少缓和下来了。我顿感释然。

"请这边来。"说着，老人打开铁门，向我招手。门内是光线昏暗的走廊。旧电灯的光像灰尘一样时隐时现。

"请随我来。"老人说着，在走廊上走了起来。走廊怪怪的。走了一会儿，走廊左右分开。老人往右拐。他刚拐完，走廊两侧便出现了蚁巢一般数不清的岔道，老人也不好好查看就进了其中一条。我怀抱三本书跟在老人后面，看不出事情将变成什么样子。老人脚步比看上去的快得多。自己到底进入第几条岔道都数不成了。走不远又是岔道。接下去是 T 字路口。我的脑袋已彻底混乱，市立图书馆的地下居然有如此庞大的迷宫，这绝对滑稽透顶。市里不可能通过地下迷宫的建设预算。我本想就此问问老人，转而作罢，怕他发脾气。

尽头处又是一扇同样的铁门，门上挂着"阅览室"标牌。四周**静**如墓地，唯独我的皮鞋"**咯噔咯噔**"作响。老人走路全无声息。

老人从上衣袋里"哗哗啦啦"掏出一大串钥匙，在电灯光下挑出一把，插进门锁孔一拧。不知为什么，感觉甚是不快。

2

"好了好了，"老人道，"进去吧。"

"可里边不是漆黑一团吗？"我抗议道。

老人不悦似地轻咳一声，笔直地挺起腰杆转向我。老人陡然显得高大起来，眼睛如黄昏时分的山羊一般闪闪发亮。

"喂，年轻人，有谁会叫我一整天都开着房间电灯呢？嗯？你那么命令我的？"

"不，不是那个意思……"

"哼，啰啰嗦嗦的！可以了，回去！随你去哪里！"

"对不起。"我对我自己都完全糊涂起来。老人看上去既像是个不吉利的存在，又像是个仅仅好发脾气的普通的不幸老者。一般来说我对老年人了解不多，所以实在不知如何是好。"不是那个意思的。如果说的不对，我向您道歉。"

"全都一路货色。"老人说，"都是嘴上说得好听。"

"真不是那个意思。摸黑也可以的。怪我多嘴多舌。"

"哼！"老人紧盯住我的眼睛，"那，是要进去吧？"

"嗯，进去。"我提高了嗓门。出口的话为什么竟和自己的意愿相反呢？

*

"进去马上就是楼梯，"老人说，"手扶好墙，小心踩空掉下去。"

我率先跨入黑暗，老人在后面把门关上，**"咔嚓"**一声上了锁。

"怎么锁上了？"

"是规定，规定。"老人说，"上头那些家伙制定了几千几万条规定，跟我说三道四没有用。"

我于是作罢,继续下楼梯。楼梯极长极长,简直如印加(Inca)的井。墙上安有锈得坑坑洼洼的铁扶手。一丝光一点亮也没有,漆黑漆黑的,好像脑袋上套了兜帽。

只有我皮鞋的"咯噔"声在黑暗中回响。若无鞋声,甚至是不是自己的脚都无从知晓。

"可以了,在这儿停下。"老人说。

我停住脚步。老人把我挤在一旁,走到前面,从衣袋里"哗哗啦啦"掏出钥匙,旋即响起门锁开启的声音。尽管黑得那般彻底,老人却好像什么都看在眼里。

门一打开,里面泻出令人感到亲切的枯黄色光亮。光虽然弱,但还是花了点时间眼睛才能习惯。一个形体如羊的小个头男人从门内走出,拉起我的手。

"哎呀,来得好来得好。"羊男说。

"你好!"我说。全都莫名其妙。

羊男全身上下套着真羊皮,手戴黑手套,脚穿黑作业靴,脸上蒙着黑面罩,两个似乎乐意与人亲近的小眸子从面罩里露出。为何弄成这副模样我自是不知,反正这模样与他甚是吻合。他注视了一会儿我的脸，之后一闪扫一眼我怀里抱的书。

"到这里看书来了？"

"是的。"我说。

"果真是以**你的意志**来的？"

羊男的说法有点微妙，我一时语塞。

"好好回答嘛，"老人催促道，"难道不是以自己的意志来的？干嘛磨磨蹭蹭，存心让我难堪不成？"

"以我的意志来的。"我说。

"如何？"老人一副炫耀的语气。

"不过先生，"羊男对老人说，"不还是个孩子吗？"

"去去！少给我啰嗦！"老人突然从屁股后抽出一根短柳条"啪"一声打在羊男脸上，"快领进屋去！"

羊男现出无奈的神情，重新拉起我的手，嘴角眼看着红肿起来了。"那，走吧。"

"去哪里？"

"阅览室啊。你不是来看书的吗？"

羊男打头，我们沿着蚁巢般拐来拐去的狭窄走廊行走。

我们走了相当一段时间。好几次右拐，好几次左拐。有斜角，也有 S 形弯。走得我已经全然弄不清离出发点有多远了。途中我索性放弃辨认方向的念头，只管目视羊男圆滚滚的背。羊皮衣裳上牢牢地拖着个短尾巴，随着步子如钟摆一样摇来摇去。

"好了好了，"羊男突然立定，"到了。"

"等等，"我说，"这不是牢房吗？"

"是的。"羊男点头。

"正是。"老人道。

"这不对头。你说去阅览室我才跟到这儿来的，不是吗？"

"受骗了啊。"羊男说得轻描淡写。

"上当了。"老人说。

"怎么好这样……"

老人从屁股后抽出柳条，"啪"一声抽我的脸。

"闭嘴进去！那三本书要全部看完全部背下。一个月后我亲自来考试。一字不差地背下来就放你离开这里。"

"岂有此理！"我抗议道，"一个月如何能全部背下这么厚的书，家里母亲现在……"

老人的柳条抽下来,我赶紧闪身,结果落在了羊男脸上,而且老人又气急败坏地加抽了羊男一下。完全没了章法!

"一句话,把这家伙关进去!"言毕,老人扬长而去。

"不痛吗?"我问羊男。

"不要紧。我已经习惯了。"羊男说,"问题倒是必须把你关进里头去。"

"不情愿呐!"

"我又何尝情愿。不过么,世道就是这么个东西。"

"拒绝了又怎么样?"

"我还要给打得更凶。"

我可怜羊男,遂乖乖地进了牢房。牢房里有床有桌子有马桶,洗脸台上放着牙刷和杯子,哪一个都脏得不成样子。牙膏有一股我所讨厌的草莓味。沉重的铁门上方有个格子窥窗,下方带个狭长的送饭孔。羊男把桌上的灯开关了几次,转向我微微一笑。

"不坏吧?"

"嗯,凑合吧。"我说。

"一日三餐,三点还供应甜甜圈和橙汁。甜甜圈我自己炸,咯嘣脆，香着呢！"

"那先谢谢了。"

"伸出脚来。"

我伸出脚。羊男从床下拖出看样子沉甸甸的铁球，把上面连的铁链缚在我脚腕上并上了锁，钥匙放进羊皮胸袋，拉上拉链。

"可真够凉的。"

"不怕，很快会习惯的。"羊男说，"这就拿晚餐过来。"

"喂，羊男，"我试着问，"真的非在这里待一个月不可？"

"是的，"羊男说，"是这样的。"

"一个月后真能从这里放出去？"

"哪里。"

"那么会怎么样呢？"

"不好说啊。"

"求求你，告诉我吧。母亲在家里担心着呢。"

"呃，跟你说，要被锯子锯开脑袋，'吱溜吱溜'吸脑浆。"

我在床上抱住脑袋。到底什么地方什么东西乱套了呢？我又没干任何坏事！

"不要紧不要紧，吃了饭就会精神起来的。"羊男说。

3

"嗳，羊男，"我问，"为什么我要给人家吸脑浆呢？"

"呃，就是说，装满知识的脑浆味道特别好。怎么说呢，**黏糊糊**的，又有**疙疙瘩瘩**的东西……"

"所以要用一个月时间塞满知识后再吸？"

"是那么回事。"

羊男从衣袋里掏出"七星"，用廉价打火机点燃。

"可这岂不太过分了，无论如何？"

"嗯，是啊。"羊男说，"不过这也是哪里的图书馆都干的勾当。总之是你运气不好。"

"哪里的图书馆都干？"

"是的。还不是，若是光往外借知识，图书馆岂不净亏本吗？再说，即便脑浆被吸尽也想得到知识的人也是有不少的，你不也是来求别处得不到的知识的么？"

"不不，只是一时心血来潮，原本怎么都无所谓的。"

羊男困惑似的歪起头："够可怜的。"

"不能把我从这里放出去？"

"哎呀，那可不成。那样一来，我可就遭殃了。真的遭殃——要被电锯把肚子锯开一半。受不了吧？"

"受不了。"我说。

"过去受过一次。两个星期才愈合，两个星期！所以嘛，你就认命吧。"

"那么，这且不说，如果我拒绝看书会怎么样呢？"

羊男浑身发抖："那可万万使不得！抱歉，我不能再说了。这地下室的地下里还有更叫人受罪的地方，被吸脑浆算好得多了。"

羊男走后，我一个人剩在牢房里。我趴在硬板床上抽抽嗒嗒一个人哭了一个多小时。蓝色荞麦壳枕头湿得一塌糊涂。

我全然不知道我该怎么办。被"吱溜吱溜"吸脑浆我不甘心，可被关进更深的地下更受罪的地方也不情愿。

时针指在六点半。晚饭时间。家里母亲肯定要牵肠挂肚，半夜我还不回去她很可能神经错乱。母亲就是这样的人，她总是想象糟糕的事情。或想象糟糕事或看电视，非此即彼。母亲会给我的白头翁喂食么？

七点响起敲门声。打开门，一个漂亮的程度是我从未见过的少女推小车进入房间。漂亮得令人眼睛作痛。年龄大概和我差不多，手、胳膊、腿、脖颈纤细得似乎即将"咔嚓"折断，一头长发熠熠生辉，仿佛有宝石熔了进去。一个谁都梦见过、也只能在梦里见到的少女。她凝眸注视了我一会，然后不声不响地把小车上的饭菜摆上桌面。我目瞪口呆地看着她轻盈的动作。

饭菜还颇讲究。**海胆**汤、**马鲛鱼**配酸奶油、芝麻拌芦笋，另加葡萄汁。一样样摆完，她打手势说：〈别哭了，吃饭吧。〉

"你不能开口？"我询问。

〈嗯，小时候弄坏了声带。〉

"给羊男帮忙？"

〈是的。〉她极淡极淡地一笑，笑得那么美妙，险些叫人心脏裂成两半。

〈羊男是个好心人，只是怕老伯怕得不行。〉

我坐在床沿上定定地看她。她悄然低下眼睛，旋即从房间里消失了。动作如五月的风一样轻飘飘的，连关门声都未传到我耳畔。

饭菜固然可口，但一半都没咽下，感觉上就好像把铅块捅到胃里去了。收拾完餐具，我往床上一歪，考虑下一步到底如何是好。结论只有一个：反正要逃离这里。图书馆地下有如此迷宫绝对是错误的，谁吸谁的脑浆是不应允许的。而且不能让母亲发疯，不能让白头翁饿死！

但具体到如何逃离这里，我就完全束手无策了。脚上拖着铁疙瘩，门又上着锁。再说就算能逃出这个房间，那漆黑漆黑的迷宫又如何逃得出呢！

我喟叹一声，又哭了一阵子。我性格非常懦弱。脑袋里装的总是母亲和白头翁。怎么成了这样子呢？肯定是被狗咬过的缘故。

哭了一些时候，我决定想美少女来给自己打气。能干什么干什么好了，总比什么也不干好得多。无论羊男还是美少女，都不像那么坏的人，机会迟早会降临。

我拿起《奥斯曼土耳其帝国税收官日记》，对着桌子翻开书页。为了抓住机会，首先必须装出温顺的样子——这也并非什么难事。本来我就十分温顺。

《奥斯曼土耳其税收官日记》是用古土耳其语写的，很难懂。但不可思议的是，自己竟能读得一目十行，并且读过的每一页都能无一遗漏地记在脑袋里。脑袋变得好使的确妙不可言。不懂的一概没有。纵使脑浆被"吱溜吱溜"吸光也要变成聪明人——哪怕一个月也好——人们的这种心情不是不可以理解。

翻动书页之间，我成为税务官伊本·阿尔穆德·哈谢尔（名字原本更长），腰挎月牙刀，为收税而在巴格达街上东奔西走。鸡粪味儿、烟草味儿和咖啡味儿如浑浊的河水笼罩着大街小巷。果贩在叫卖见所未见的水果。

哈谢尔是个很文静的人，有三个妻子五个小孩。他养了两只鹦哥，鹦哥的可爱不亚于白头翁。身为哈谢尔的我同三个妻子做了若干次爱。这名堂好像非常奇妙。

九点半，羊男拿来咖啡和曲奇。

"瞧你瞧你，真不得了——已经学起来了？"

"是的，羊男。"我说，"妙趣横生。"

"那就好。不过还是歇口气喝点咖啡吧。一开始用力过猛，往下会够你受的。"

我和羊男一起喝咖啡，吃曲奇，"咔嗤咔嗤"。

"我说，羊男，"我试着问，"被人吸脑浆是怎么个感觉呢？"

"噢，这个嘛，没想的那么糟。大概就像脑袋里缠作一团的乱麻被一根根抽出去似的，'嘶——'。毕竟有人希望再来一次呢。"

"嗬。"

"可想而知吧。"

"吸后怎么样呢？"

"剩下的人生就在迷迷糊糊做梦当中度过。没有烦恼没有痛苦没有焦躁，不担心时间，不惦记作业。怎么样，挺妙吧？"

"也许。"我说，"可不是要用锯子把脑袋锯开的么？"

"那是多少有点儿疼，不过很快就过去的。"

"是吗？"事情总好像过于顺利。"对了，那个美少女也被吸了脑浆？"

羊男从椅子上跳起二十厘米，假耳朵忽扇忽扇地摇动。"什么，什么美少女?"

"送饭来的女孩呀。"

"奇怪!饭是我送的嘛。当时你呼呼大睡。我可不是什么美少女。"

脑袋再次混乱。得得!

4

第二天傍晚,那个不能开口的美少女再次出现在我的房间。

她把晚饭放在手推车上。这回是图卢兹香肠配土豆色拉、**金线鱼**肉嫩菜芽色拉,另加装在壶里的浓红茶。壶很漂亮,带有荨麻花纹。茶杯和茶匙也旧得恰到好处。

〈慢慢吃,别剩下。〉美少女用手势对我说,说罢微微一笑,笑得真是灿烂,天空差点儿裂成两半。

"你到底是谁?"我问。

〈我是**我**,只是我。〉她说。她的话语不是从耳朵而是从我的胸口正中听来的。感觉甚是奇特。

"可是羊男说你不存在,而且……"

她把一根指头贴在小嘴唇上，命令我闭口。我闭口不语。我非常善于服从命令，未尝不可以称为一种特殊能力。

〈羊男有羊男的世界，我有我的世界，你有你的世界。是吧？〉

"是啊。"应道。

〈所以，并不能说因为我在羊男的世界里不存在，我就真的不存在了，是不是？〉

"嗯。"我说，"就是说，那各种各样的世界在这里统统合成一个了？既有重叠部分，又有不重叠部分。"

〈不错。〉美少女说。

我的脑袋也不是那么无可救药，只是狗咬以后功能多少有点受阻。

〈明白了就快吃饭吧！〉美少女说。

"跟你说，我好好吃饭，你在这里多待一会儿可好？"我说，"一个人寂寞得不行。"

她文静地一笑，在床头坐下，双手整齐地放在膝头，目不转睛地看我吃饭。看上去她就像在柔和的晨光照射下的一尊玻璃摆件。

"前几天发现了一个和你相像的女孩，"我边吃土豆色拉边说，"和你差不多年纪，同样漂亮，有同样的气息。"

她一言不发，只管微笑着。

"很想让你见一见我母亲和白头翁。白头翁可好着呢！"

她略略偏了下脖颈。

"我母亲当然也好。"我补充道，"只是我母亲过于担心我了，因我小时候给狗咬过一次。不过，被狗咬怪我自己，不怪母亲的，所以她不应该那么担心我。毕竟狗……"

〈什么样的狗？〉少女问。

"很大的黑狗。项圈上镶着宝石，眼睛是绿色的，腿特别粗，爪有六趾，耳尖分岔，鼻子褐色，像给太阳晒的。你给狗咬过？"

〈没有。〉少女说，〈好了，快吃饭吧。〉

我不再说话，继续吃晚饭。吃罢收拾碟盘，喝红茶。

〈嗳，〉少女说，〈离开这里，一起回你母亲和白头翁那里去好了。〉

"是啊，"我说，"问题是离不开这里。门全部上锁，外面是黑漆漆的迷宫。何况我要是逃走，羊男会遭殃的。"

〈可你讨厌给人吸脑浆的吧？吸了脑浆，可就再也见不到我了。〉

我摇摇头。不明所以。种种事情过于重合了。我不想被吸脑浆，也不愿意同美少女分手，但又害怕黑暗，也不想让羊男受罪。

〈羊男也一块儿跑嘛！你我羊男三人一块跑。〉

"那就没问题了。"我说，"什么时候？"

〈明天。〉少女说，〈明天是老伯睡觉的日子。老伯只在新月之夜睡觉。〉

"羊男能答应？"

〈不知道。那是羊男自己决定的事。〉

"是啊。"

〈我差不多得走了，〉美少女说，〈不到明天晚上这话不能讲给羊男听的哟！〉

我点点头。美少女和昨晚一样，在稍稍打开的门缝里一忽儿消失不见了。

刚翻开书，羊男端着放有甜甜圈和柠檬水的盘子进来了。

"有进展?"羊男问。

"嗯,羊男。"

"上次说过的甜甜圈拿来了。刚出锅,最好趁咯嘣脆时吃。"

"谢谢,羊男。"

我收起书,嚼甜甜圈。果然一咬咯嘣响,好吃极了。

"如何,好吃吧?"

"嗯,羊男。这么好吃的甜甜圈找遍所有地方也没有的。"我说,"你要是开个甜甜圈店,生意肯定红火。"

"呃,我也多少想过。真能那样该有多好。"

"一定能的。"

羊男弓身坐在刚才美少女坐过的位置上,短尾巴从床边垂了下来。

"可是不成啊,"羊男说,"没有一个人中意我的。样子这么古怪,牙也不正经刷……"

"我当帮手。我售货、洗盘子、叠餐巾、算账。你只管在里面炸就行。"

"那当然好。"羊男显得神情凄然。他想说的我完全明白——

说到底，我要在这里一个劲儿给柳条抽打，你没多少天就要被吸脑浆，不是吗？

羊男闷闷不乐地拿着盘子走出了房间。我恨不得把逃跑计划一股脑儿讲给羊男听，但想到美少女的话，只好忍住。反正明天一切都将水落石出。

看《奥斯曼土耳其帝国税收官日记》的时间里，我重新成了税收官伊本·阿尔穆德·哈谢尔。白天我在巴格达街头转来转去，傍晚给两只鹦哥喂食。夜空浮着剃刀般的月牙儿。远处传来什么人吹笛的声音。黑奴给房间点香，手拿小苍蝇拍把蚊子从我周围打走。

床上，三个妻子之一的美少女在等我。

〈月亮好极了，〉她说，〈明天是新月。〉

得喂鹦哥了，我说。

〈鹦哥不是刚刚喂过么？〉美少女说。

是吗，真的？我说。我想鹦哥想过头了。

她脱去衣服，我也脱了。她的身体光滑莹洁，芬芳诱人。剃刀月光在她的身体上投下无可言状的光影。笛声继续传来。我在挂着蚊帐的宽大的床上搂住她。床有停车场那么大。鹦哥在隔壁鸣叫。

〈月亮好极了。〉过了一会,少女说,〈明天是新月。〉

是新月,我应道。对"新月"这个词似乎别有记忆。我招呼仆人,躺在床上让他侍候我吸水烟。

对新月这个词是别有记忆来着,我说。但想不起来。

〈新月之夜一来,〉美少女说,〈很多事情就清楚了。〉

的确如其所言,新月之夜一来,很多事情就将水落石出。

于是我睡了。

5

新月之夜如瞎眼的海豚一般悄然而至。

不用说,从图书馆深深的地下是看不见什么天空的。然而深蓝墨水般的暗夜还是穿过沉重的铁门和迷宫,无声无息地围拢了我。总之新月之夜到来了。

傍晚时分,老人来检查读书进度。他身穿一如上次的衣服,腰间依然别着柳条。看了我读书的进展情况,老人显得相当满意,我也因之舒了口气。

"唔,很好很好,"说着,老人"嗑嗤嗑嗤"地搔下巴,"比预想的看得快嘛,乖孩子!"

"啊,谢谢。"我说。我非常喜欢受表扬。

"早点把书看完,"说到这里,老人顿时沉默下来,一动不动地盯住我的眼睛,盯了相当一些时间。我好几次想移开眼睛,但是不成。老人的一对眼睛和我的一对眼睛仿佛被什么东西紧紧缚在了一起。不久,老人的眼睛急速膨胀,房间墙壁到处覆满了白眼球和黑眼球。那是年老磨损变浑的白与黑。这时间里老人眼睛一眨不眨。稍顷,眼球如退潮一样缩回,重新整个收进老人的眼窝。我闭上眼睛,喘了口气。

"早点把书看完,可以早点从这里出去。其他的不用想,记住了?"

"记住了。"

"有什么不满意的?"老人说。

"母亲和白头翁还好好的吗?"我试着问。

"人世正常流转。"老人说,"众人无不在想各自的事,活各自的命，直到那天来临。你母亲如此，你的白头翁也如此，无一例外。"

尽管不知所云，但我还是点头称是。

老人走出约三十分钟后，美少女一如前两次轻轻地闪进房间。

"新月之夜啊。"我说。

〈是啊，〉美少女静静地说着，在床角轻轻坐下。由于新月之夜的黑暗，我的眼睛针扎似的痛。

"今天真离开这里？"我问。

美少女默默点头。看上去她异常疲倦，脸色比平时淡，透过她的脸可以隐隐看到对面的墙壁。空气在她体内微微颤抖。

"不大舒服？"

〈多多少少。〉她说，〈新月的关系。新月一出现，很多东西就开始一点点不正常了。〉

"可我没什么呀。"

她莞尔一笑：〈你是没什么。所以放心就是，肯定能从这里出去。〉

"你呢？"

〈我的事我自己考虑。所以你只想你自己的事就是了。〉

"可没有你，我不知怎么办好。"

〈一种感觉罢了。〉少女说，〈真的。你已经变强了，往后会越来越强，强得不次于任何人。〉

"是吗？我倒不那么觉得。"我说。

〈羊男认识路。我一定从后面跟上，你先逃。〉

我点点头。少女旋即被什么吸进去似的消失了。少女消失后，我实在寂寞难耐，觉得往后很可能见不到她了。

九点之前羊男端着满满一盘甜甜圈进来。

"喂，"羊男说，"今晚从这里逃跑？"

"这个你怎么知道的？"我有点吃惊。

"一个女孩告诉的。十分漂亮的女孩。附近竟有那样的女孩，我一点都不知道。你的朋友？"

"嗯，算是吧。"

"我也想有个那样的朋友。"

"若能逃离这里,你也肯定会有很多很多朋友的。"

"那敢情好。"羊男说,"要是不顺利,我也好你也好可都要报销了。"

"呃。"报销?到底怎么个报销法呢?

之后,我们两人吃甜甜圈,喝葡萄汁。我虽然完全没有食欲,但还是吃了两个甜甜圈。羊男一个人吃掉六个,甚是了得。

"干什么之前必须先填饱肚子。"说罢,羊男用粗硕的手指揩去嘴角沾的砂糖。嘴角全是砂糖。

什么地方的挂钟打响了九点。羊男起身甩甩衣袖,使之适应身体。出发时间到了!

我们走出房间,来到暗幽幽的迷宫般的走廊。为了不惊动老人,我们蹑手蹑脚地移动步子。途中我脱下鞋扔在了走廊的角落。两万五千日元新买的皮鞋,扔掉真是可惜,但没办法。说到底,是钻到这种莫名其妙地方的我自己成问题。弄丢了皮鞋,母亲想必相当恼火,即便解释说扔掉皮鞋是为了不被吸脑浆,她大概也不会相信。肯定不会,只会以为我是在为搪塞弄丢皮鞋的事而扯谎。毫无疑问。在图书馆地下室居然会被吸脑浆——究竟有谁能相信呢？说实话却没人相信，心里肯定不是滋味。

到铁门的路很长，路上我一直这样思来想去。羊男在我前头默默走着。他比我矮半个头，因此羊男的假耳在我鼻尖处"呼扇呼扇"地上下摇摆。

"喂，羊男，"我小声问他，"现在回去取鞋不可以么？"

"哦？鞋？"羊男似乎吃了一惊，"不成，那哪成！鞋什么的忘掉好了。脑浆比鞋贵重得多，不是么？"

"那是。"于是我忘了鞋。

"老伯现在倒是呼呼大睡，但你别看他那样，敏感得很咧，一定要多加小心。"

"嗯。"

"途中无论发生什么事都大声喊叫不得。那个人一旦醒来，我可就什么忙都帮不上了。给那柳条一抽，我绝对无法反抗。"

"特殊柳条么？"

"啊，是不是呢？"说着，羊男略一沉吟，"怕是普普通通的柳条吧？我么，弄不明白。"

我也弄不明白。

"嗳?"稍顷,羊男问我。

"什么?"

"鞋的事,忘了?"

"嗯,忘了。"我说,但他这一问又使我想起鞋来。那是过生日时母亲给买的,"咯噔咯噔"——声音那么悦耳的高档皮鞋。说不定母亲会因我弄丢了鞋而拿白头翁出气,母亲认为白头翁吵得很。

其实白头翁根本不吵。白头翁安静得很规矩得很,比狗什么的安静得多。

狗。

一想到狗,我冒出了冷汗。人们何苦养什么狗呢?为什么不养白头翁呢?母亲为什么那么讨厌白头翁呢?我为什么穿那么高档的皮鞋来图书馆呢?

我们好不容易赶到铁门那儿。新月夜晚的黑暗似乎多少浓了些。

羊男往两个拳头上"哈"一声吹了口气,手攥起了又展开。

接着,他把手伸进裤袋,悄声掏出钥匙串,转脸朝我笑了笑。

"千万保持安静。"羊男说。

"是。"

随着"咔"的一声响,沉重的铁门的锁开了。声音虽小,却重重地吃进了身体。停了一会,羊男轻轻把门推开。彻头彻尾的黑暗如水一般从门外涌了进来。新月扰乱了空气的协调。

"别担心。"羊男"啪啪"地拍着我的手臂,"肯定顺利!"

是吗?真能顺利?

6

羊男从衣袋里掏出手电筒,按下开关。黄色的光依稀照亮了阶梯,是我来这里时老人带我走下的长长的阶梯。阶梯顶头连着那片离奇的迷宫。

"喂,羊男?"我问。

"什么?"

"迷宫路线可晓得?"

"估计想得起来……"羊男似乎把握不大,"这三四年没走过,确切的说不上来,但总可以摸出去吧。"

我惶惶不安起来,但什么也没说。现在说什么都晚了,只能听天由命。

羊男和我轻手轻脚往上爬阶梯。羊男脚穿旧网球鞋,我——前面已经说过——光着脚。羊男打头,手电筒光只照他脚前。我摸黑前行,时不时撞在羊男屁股上。羊男的腿比我短很多,无论如何都是我速度快。

阶梯冰冷冷滑溜溜的,石门磨得光秃秃的。想必是几千年前的阶梯。空气虽无异味,但到处有明显的层块。层块不同,空气的密度和温度也不同。往下走时倒不曾察觉,大概当时吓得没法分心了。不时踩上虫子样的东西。脚底感触或软塌塌鼓鼓囊囊,或硬邦邦凹凸不平。黑得什么也看不见,估计是虫子。反正令人不快至极。还是应该穿鞋。

花了很长时间爬到楼梯顶头,我和羊男总算舒了口气。两腿发麻,冻彻骨髓。

"这阶梯真不得了。"我说,"下的时候倒没觉得这么长。"

"很久以前是口井。"羊男告诉我,"井水干了,就派别的用场了。"

"呃。"

"详情我也不了解,大致是这么回事。"

之后我们站起身,朝伤脑筋的迷宫前进。第一个岔路口羊男往右走,想了一会,又退回往左。

"不要紧吧?"我又担心起来。

"嗯,不要紧,没错儿。是这边。"

但我仍然不安。迷宫的问题就在于不走到头是搞不清选择是否正确的,然而走到头才发觉错误就晚了,这正是迷宫的问题所在。

羊男在几次犹豫几次折回中前进。有时停下来舔舔触摸墙壁的指尖,有时耳贴地面,有时和天花板上拉网的蜘蛛嘀咕几句,有时"呼哧呼哧"嗅空气。看来羊男身上有着与普通人不同的记忆线路。

时间一刻一刻地过去了,离天亮似乎不远了。羊男时而从衣袋里掏出手电筒确认时间。

"两点五十分。"羊男说,"新月差不多没力气了,要当心才行。"

经他这么一说,黑暗的密度好像真的已经发生了变化。一刴一刴作痛的眼睛多少舒服了些。

我和羊男急忙赶路。必须在天亮之前赶到最后一道门那里,否则老人醒来发觉我和羊男不见马上就会追来,而那一来我们就完蛋了。

"来得及吗?"我问羊男。

"嗯,不要紧。剩下的路已完全记起来了。别担心,肯定让你逃出,包在我身上了!"

羊男的确像是记起了路线。我和羊男一个拐弯接一个拐弯地穿过迷宫。一会儿,两人来到笔直的走廊。羊男把手电筒往前一照,走廊尽头隐约现出了门扇,淡淡的光线从门缝里微微泻入。

"喏,我说对了吧?"羊男得意地说道,"到这里就不要紧了,往下只管出门就是。"

"谢谢,羊男。"

羊男从衣袋里掏出钥匙串,打开门锁。一开门,是图书馆地下室。电灯泡从天花板上垂下来,灯下是桌子,老人坐在桌旁定定地看着这边。老人旁边蹲着一条大黑狗,戴宝石项圈的绿眼狗。狗腿很粗,爪有六趾,耳尖分岔,褐色鼻头。以前咬过我的狗,狗牙之间死死咬着浑身是血的白头翁。

我不由大叫一声。羊男伸手扶住我的身体。

"一直在等着你俩。"老人说,"晚了好些时间嘛!"

"先生,这里有很多很多原因……"羊男说。

"哦,少废话!"老人厉声喝道,随即从腰间抽出柳条,"啪"一声抽在桌子上。狗竖起了耳朵。羊男沉默着。四周一片**死寂**。

"那么,"老人说,"如何处置你呢?"

"你不是睡觉了么?"我说。

"嘀嘀嘀,"老人连连冷笑,"好个耍小聪明的小子。谁告诉你的我是不知道,可我并不那么马虎大意,你俩脑袋里那点鬼点子我早已一清二楚。"

我叹息一声。不可能那么顺顺利利的。结果连白头翁都赔了进去。

"你!"说着,老人用柳条指着羊男,"你要碎尸万段扔进坑里喂蜈蚣!"

羊男在我身后簌簌发抖。

"还有你!"老人指着我,"你要喂狗,只留下心脏和脑浆,全身咬个稀巴烂,血肉黏糊糊的满地都是!"

老人快活地笑了起来。狗的绿眼睛开始发出闪闪的凶光。

这当儿,我发现白头翁在狗牙之间渐渐膨胀起来,不一会变得鸡那么大,像千斤顶一样把狗嘴撑得老大。狗想大放悲声,但为时已晚。狗嘴裂开了,骨头出声地四下飞溅。老人慌忙用柳条抽白头翁,但白头翁仍在继续膨胀,这回把老人紧紧挤到了墙根。白头翁已变得狮子一般大,整个房间都被白头翁坚实的翅膀盖住了。

〈好了,趁现在快逃!〉背后传来美少女的语声。我愕然回头,但后面只有羊男。羊男也目瞪口呆地回过头去。

〈快,快逃!〉美少女的语声再次响起。我抓起羊男的手朝正门跑去,打开正门,连滚带爬地跑到外面。

清晨的图书馆里不见人影。我和羊男跑过大厅,撬开阅览室窗户,来到图书馆外面,然后一气猛跑,最后累得倒在了公园草坪上。

蓦然意识到时,我已只身一人。羊男哪里也找不到。我爬起来大声呼唤羊男。无人应声。天已大亮，早晨的太阳把第一道光线投在树叶上。羊男不知去了哪里。

回到家，母亲已做好早饭，正在等我。

"早上好。"母亲说。

"早上好。"我也说道。

我们在吃早饭，白头翁也在安详地啄着饵料，就好像什么也没发生过。弄丢鞋的事母亲只字未提，母亲的侧脸看上去比平时多少有些凄楚，但这也可能是我神经过敏的缘故。

自那以后我再也没去过图书馆。也曾想再去一次，查看一下那个地下室的入口。但我已不愿意接近那里了，黄昏时分看上一眼图书馆都叫我双腿发软。

不时想到留在地下室的新皮鞋，想羊男，想美少女，但再怎么想也想不明白是否真有其事。我就这样稀里糊涂地越来越远离了那地下室。

即使现在我的皮鞋也肯定还留在地下室的一角，羊男肯定还在地表某个地方往来徘徊。想到这里我十分伤感，甚至对自己所做之事是否正确都没了信心。

  上星期二母亲死了。静悄悄的葬礼过后，剩得我孤零零一人。在凌晨两点的黑暗中，我思考着图书馆那个地下室。黑暗深无尽头，宛如新月之夜。

后记

　　这里收录的二十三篇[1]短小说——短小说模样的东西——是一九八一年四月至一九八三年三月我为一本小杂志写的。这本杂志一般不摆上书店的铺面，因此我可以不怎么顾忌别人的眼光而悠悠然欣欣然地连载下去。

　　每篇作品的长度大约四百字稿纸八到十四张，只有《图书馆奇谈》例外，成了连载六回的长东西。所以，《图书馆奇谈》本来附有"上回梗概"，若能以这样的感觉读的话，作为作者是很高兴的。倒是我个人的事了——这《图书馆奇谈》是应我妻子的要求写的，她提出想看连续剧那样的故事。

　　毕竟前后写了两年多时间，里面有不合现在的我的想法的，也有像为写长篇小说而作的速写——后来融入长篇里去了，但最终我

| 后记 |

还是决定一律原封不动地收录在这里。因为将每个月或自得其乐或抓耳挠腮写出一篇的东西以现在的心情加以甄选,这未见得是正确的做法。另外我还觉得——也许有点自我辩解的味道——每篇作品各所不一的变化和偏差对于读者恐怕也是不无趣味的。不中意的地方就请细细欣赏佐佐木 MAKI 别具一格的插图而放过文字好了[2]。

一直请 MAKI 为我的长篇设计封面,在这本书中终于一起工作了。夙愿得偿,不胜欣然。

村上春树
一九八三年七月

---

1 本书共有十八篇小说,此处说"二十三篇",是因为刚发表时《图书馆奇谈》分下篇连载。
2 本书原有日本画家佐佐木 MAKI 的插图,中译本中未予保留。

KANGARU BIYORI
by Haruki Murakami
Copyright © 1983 Harukimurakami Archival Labyrinth
All rights reserved.
Originally published in Japan by Heibonsha Ltd., Publishers, Tokyo.
Chinese (in simplified character only) translation rights arranged with
Haruki Murakami, Japan
through THE SAKAI AGENCY and BARDON-CHINESE MEDIA AGENCY.

图字：09-2000-476号

图书在版编目(CIP)数据

遇到百分之百的女孩／(日)村上春树著；林少华译．—上海：上海译文出版社,2021.9(2022.8 重印)
ISBN 978-7-5327-8799-9

Ⅰ.①遇… Ⅱ.①村… ②林… Ⅲ.①短篇小说—小说集—日本—现代 Ⅳ.①I313.45

中国版本图书馆 CIP 数据核字(2021)第 153646 号

遇到百分之百的女孩
［日］村上春树 著 林少华 译
责任编辑／姚东敏 装帧设计／千巨万工作室

上海译文出版社有限公司出版、发行
网址：www.yiwen.com.cn
201101 上海市闵行区号景路159弄B座
上海市崇明县裕安印刷厂印刷

开本 890×1240 1/32 印张 6 插页 2 字数 60,000
2021年10月第1版 2022年8月第2次印刷
印数：10,001—13,000 册

ISBN 978-7-5327-8799-9/I·5433
定价：48.00元

本书中文简体字专有出版权归本社独家所有，非经本社同意不得连载、摘编或复制
如有质量问题，请与承印厂质量科联系．T：021-59404766